예고의 음악 천재 4

강서울 현대 판타지 소설

초판 1쇄 찍은 날 § 2023년 2월 10일
초판 1쇄 펴낸 날 § 2023년 2월 17일

지은이 § 강서울
펴낸이 § 서경석

총괄팀장 § 황창선
편집책임 § 박현성
디자인 § 스튜디오 이너스

펴낸곳 § 도서출판 청어람
등록번호 § 제387-1999-000006호
등록일자 § 1999. 5. 31
어람번호 § 제1-3205호

본사 § 경기도 부천시 부일로 483번길 40 서경B/D 3F (우) 14640
편집부 § 서울특별시 구로구 디지털로 272 한신IT타워 404호 (우) 08389
전화 § 02-6956-0531 팩스 § 02-6956-0532
http://www.chungeoram.com
E-mail § chungeorambook@daum.net

ⓒ 강서울, 2022

ISBN 979-11-04-92478-1 04810
ISBN 979-11-04-92468-2 (세트)

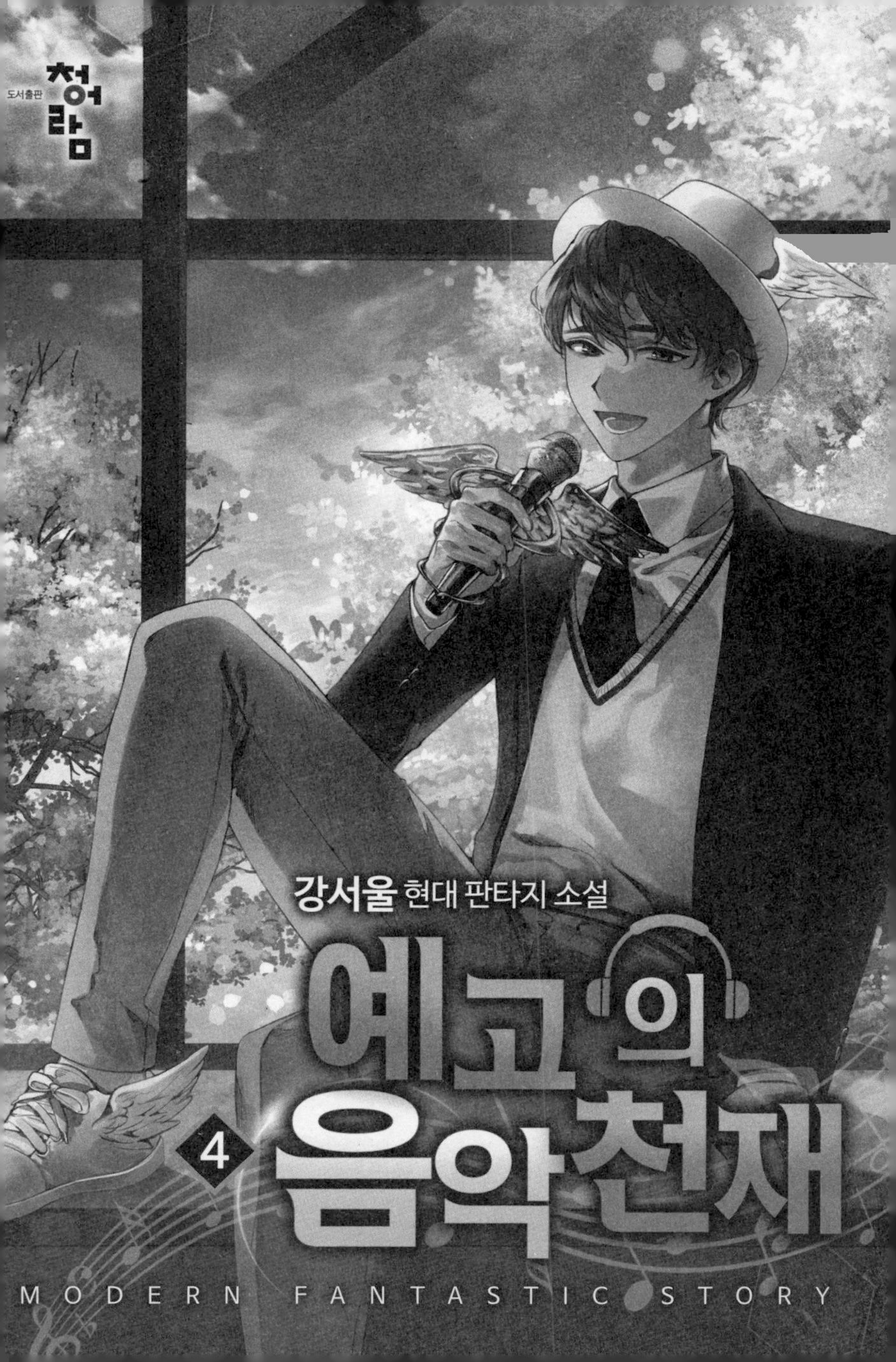
도서출판 청어람
강서울 현대 판타지 소설
예고의 음악천재
4
MODERN FANTASTIC STORY

목차

Chapter. 1

숨이 막힐 듯한 침묵.

전주가 울려 퍼지기 전, 무대는 전장과도 같다.

침을 삼키는 소리마저 들릴 것 같은 고요한 무대 위에서, 찬찬히 정면을 응시한다.

사소한 실수도 용납되지 않는 무대. 그 찰나의 타이밍을 잡기 위해, 수백 번을 연습했다.

그 결과는 이미 자연스레 몸에 배어 있었다.

통통 튀는 피아노음. 전주가 시작되자마자 미끄러지듯 자리를 잡았다.

흠잡을 데 없이 매끄러운 이어짐.

센터에 선 이유승이 천천히 걸어 나온다.

멀어지는 별을 보면서
너를 쫓았어

이유승이 허공에 팔을 뻗는다.
동시에, 신서진은 유영하듯 발을 떼었다.

〈지구본〉은 닿지 못할 별을 그리워하며, 손 닿는 거리에 둘
수 있는 지구본을 만들어 낸 학자의 이야기다.

메마른 이 땅에 너를 가둬 둘 수 없어서.
너를 위한 행성을 만들었다.
몽환적이면서도 애절한 가사가 유민하의 입에서 흘러나온다.

닿을 수 없는 별이라
너를 위한 우주를 만들었어

힘들이지 않고 내뱉는 고음.
유민하는 별처럼 환하게 웃으며 제 파트를 소화했다. 청아한
목소리는 피아노 선율에 어우러져 맑은 화음을 내었다.
〈지구본〉은 보컬과 퍼포먼스를 모두 보여 줄 수 있는 선곡이
었다.
그걸 증명하듯, 보컬에도 춤에도 구멍은 없었다.
서하린은 유민하의 팔을 붙든 채 한 바퀴 돌아 착지했다.
물 위를 떠다니는 두 마리의 백조를 연상하듯 부드러운 페어

안무.

무대 위의 서하린은 울먹이던 대기실에서의 모습과 달리, 한없이 아름다웠다.

조명 아래서 더 빛나는 아이.

당당함을 되찾은 눈빛은 확신에 찬 얼굴로 가사를 읊어 나간다.

너를 그리며 나는 또 같은 자릴 맴돌아
내가 만든 행성으로 내 곁에 있어 줘

신서진은 고개를 까닥이며 군무에 합류했다.

〈지구본〉의 하이라이트. 흔들림 없는 그의 보컬에 유민하가 화음을 깔았다.

Beautiful planet
먼 우주를 항해해 이곳에 왔어

네 눈처럼 푸른 땅을
지금 나는 밟고 있어

오랜 기간 합을 맞춰 왔기에 어느새 한 팀이 되어 버린 유민하. 힘을 들이지 않은 화음은 아래로 깔리면서 오묘한 노래를 만들어 냈다. 그 위에 이유승의 감성적인 랩이 더해진다.

I have lot's of stories
널 가둘 수는 없지만 내 얘기를 들어 줘

스텝이 몇 번이고 꼬였던 파트.

조금씩 격해지는 안무에도, 그 어느 누구도 지쳐 하는 기색이 없었다.

탁탁. 탁. 탁.

이들이 신은 신발이 나무 바닥에 부딪혀 음율을 만들어 낸다.

어둠 속에서 수없이 연습했기에, 이제는 몸이 기억하는 스텝이다.

한 치 앞도 보이지 않았던 새벽의 어둠. 그 속에서의 기민한 감각을 기억한다.

놀라울 정도로 발소리가 탁탁 맞을 때의 전율.

그들은 그걸 느끼면서 환하게 웃었다.

모두가 멈춘 것 같은 이 순간에도, 지구본은 쉬지 않고 돈다.

두 팔을 뻗은 채 단체로 무대를 돌았다.

닿을 수 없는 별이라
너를 위한 우주를 만들었어
너를 그리며 나는 또 같은 자릴 맴돌아
내가 만든 행성으로 내 곁에 있어 줘

사소한 디테일도 고스란히 담아 내려 부단히 노력했었다.

이 무대를 준비하면서, 처음으로 고민했다.

무대를 통해 보여 주고 싶었던 장면을, 손끝에 담긴 이야기를 고민했다.

보컬에도, 춤에도, 디테일에도.

그 어느 것에서도 고민의 흔적이 거쳐 가지 않은 것은 없었다.

유민하의 보컬은 한없이 맑고.

이유승의 춤은 결코 흔들리지 않으며.

서하린의 표정은 더없이 매력적이다.

배울 것이 너무도 많았고, 그래서 배우려 했다.

그 감각이 새롭고도 기뻐서 카두케우스는 전율하듯 빛의 가루를 뿜어냈다.

관심을 받기 위함이 아니다.

힘을 얻기 위함은 더더욱 아니었다.

이 무대를 준비하면서, 그저 즐거웠다.

원래 무대는.

그러면 되는 게 아닌가.

유민하가 읊조리듯 마지막 가사를 뱉었다.

너무 아름다운 곳이야
평생을 그리워할게

그러곤, 신서진을 돌아보며 환하게 웃는다.

모든 걸 쏟아부었기에 후회 없는 웃음.

"……"

순간, 많은 감정을 담은 두 눈이 마주쳤다.

조명이 환하게 내려앉은 무대 위에서, 유민하는 신서진에게 입 모양으로 말했다.

'완벽한 무대였어.'

'최고였지.'

신서진은 웃으며 답했다.

*   *   *

짝짝짝.

유재현 작가는 기립 박수를 치며 자리에서 일어났다.

"와아… 와하하… 진짜 뭐지?"

놀라운 무대였다. 섭외 차원으로 이런 곳을 돌아다니면서 나름 근사한 수준의 무대는 많이 봤다고 생각했는데, 방금 본 건 학생들의 수준을 아득히 넘어섰다.

앞선 두 조가 어땠는지 기억조차 나지 않았다.

"와… 커버 댄스 맞아?"

몇 년 된 곡으로 알고 있는데, 현대식으로 완전히 세련되게 풀어 냈다. 그냥 처음부터 이 녀석들의 곡이었다 해도 믿을 정도였다.

찰떡같이 소화해 냈다. 완벽하다는 말이 부족할 정도로.

그중에 세 얼굴은 이미 유재현 작가가 알고 있었다는 점에서 더 설레었던 무대였다.

"내가 사람 하나는 잘 본다니깐……."

에이틴 시절부터 잘될 거 같았어.

유재현은 그리 중얼거리며 연신 감탄을 뱉었다.

방금의 무대가 비공개로 진행되었다는 게 아쉬울 정도였다.

저만 보기엔 너무 아까운 무대였으므로.

'방송에서 시킬까?'

유재현은 이미 마음속에서 섭외 대상을 정했다.

누굴 빼고 더할 것도 없이, 그냥 네 명을 다 섭외하면 되지 않을까.

유재현이 생글거리면서 메모지에 네 명의 이름을 차례로 적는 사이.

맨 앞줄에 앉아 있던 선생들은 마이크를 들었다. 방금의 무대를 보고선 잔뜩 들뜬 것은 이 자리의 선생들도 마찬가지였다.

최서연 선생은 흥분한 바람에 빨갛게 달아오른 볼을 손으로 식혔다.

연신 감탄을 뱉어 대던 것은 다른 선생들도 크게 다르지 않았고, 그나마 냉정히 평가하고 있던 것은 최서연 선생의 옆자리, 주영준 선생이었다.

그는 마이크를 들고선 가장 먼저 입을 떼었다.

"준비 기간이 별로 없었지?"

"네, 조금 빠듯하게 준비했습니다."

"언제 시간을 낸 거야?"

주영준 선생의 물음에 신서진이 해맑게 답했다.

"새벽에 열……."

"야!"

"빨리 마이크 뺏어."

거짓말에는 아직 능숙하지 않다.

신서진은 뒤늦게 두 눈을 굴리고선 마이크의 점유권을 이유 승에게 넘겼다.

다행히도 주영준 선생은 다음 질문을 준비하느라 신서진의 대답을 제대로 듣지 못했다.

"그럼 이 곡을 선곡한 이유가 뭐지?"

"보컬과 퍼포먼스, 둘 다 조화롭게 선보일 수 있는 곡이 뭐가 있을까 고민하다가 나왔어요."

"누가 선곡한 거야?"

"…애요."

신서진이 헛소리를 할까 봐 마이크를 넘겨주기 꺼려 했던 유민하는 신서진의 옆구리를 쿡, 찌르고선 다시 마이크를 건넸다.

"네. 비슷한 이유로 제가 골랐는데요."

"아, 아니. 별거 아니야. 잘 골랐다고 칭찬한 거다."

주영준 선생은 피식 웃으며 말을 더했다.

1조야 기대 이하의 무대를 보여 줬고, 2조는 꽤 수준 높은 무대를 보여 줬다. 사실 그 정도만 했어도 데뷔조에 적합한 실력이라 평가했을 것이다.

하지만, 3조는 뭔가 달랐다.

짧은 시간에 만들어 낸 무대라기엔 손발이 착착 맞았고, 마치 원래부터 한 팀이었던 것처럼 어우러졌던 무대였다.

물론 신서진과 이유승, 유민하는 에이틴 시절부터 함께였으니 더 그랬겠지만 새로 들어온 서하린이 생각보다 잘 적응한 덕에 놀랐다.

그리고, 그럴 수 있었던 가장 큰 이유는 단연 선곡이었다.

〈지구본〉을 선택한 건 참 영리한 선택이었다. 네 사람 모두의 장점을 최대한으로 보여 줄 수 있었던 선곡. 이 아이디어를 누가 냈는지 궁금했는데, 신서진이었군.

여러모로 묘한 녀석이다.

C반에 진급한 첫 날부터 느꼈지만 말이다.

주영준 선생은 멀뚱히 서 있는 신서진의 눈을 가만히 응시한다.

'저는 여기서 데뷔할 겁니다. 스타가 될 건데요.'

그렇게 말했었나.

주영준 선생은 신서진이 그때의 약속을 지킬 거라 믿었다.

너무도 아름다운 원석이라서, 누가 갈아 주지 않아도 홀로 성장하고 빛날 것이다.

하지만, 될 수 있다면.

그 자리에 함께하고 싶다.

"신서진 학생."

"넵."

"내 지도 학생을 할 생각이 없나?"

무대를 마친 후에야 할 줄 알았던 지도 학생 컨택.

폭탄 같은 주영준 선생의 발언에 가장 놀란 건 옆에 앉아 있던 다른 선생들이었다.

"치사하게 벌써 선수를 치세요."

"아니, 잠깐만요."

무대를 보기 전이라면 뚱했을 선생들이, 이제 번들거리는 눈으로 지도 학생을 찾으려 한다.

"나도 지도 학생 구하고 있는데, 허허. 그렇죠?"

"2학년이잖아. 아직 급한 것도 아니니까, 충분히 생각하고 하렴."

"무슨 소리를 하시는 겁니까. 쇠뿔도 단김에 뽑는다고 지금 이때 정해야지. 나랑 할 생각 있니?"

신서진은 두 눈을 끔뻑이며 주변을 두리번대었다.

앞다투어 신서진에게 스카우트 요청을 하는 와중에, 최서연 선생은 뚝심 있는 선택을 고집했다.

"유민하?"

"네, 선생님?"

"너 잘하더라. 보컬 전공이면 나랑 할 생각 없니?"

1조, 2조가 무대를 마쳤을 때는 이 정도는 아니었는데.

뒤편에 앉아 있던 최성훈과 허강민은 혀를 내둘렀다.

"무슨 길거리 캐스팅 현장 같냐."

"나 여기가 홍대인 줄 알았잖아."

"와, 역시 우리 애들이 남달라. 그치? 영상 잘 찍었어?"

"으응....... 나는 언제 지도 쌤 정하냐......."

온통 소란스러운 상황. 가만히 지켜보고 있던 한재규 선생도 지지 않고 마이크를 들었다.

"잠시만요."

대충 어림 잡아 신서진을 지도 학생으로 꼽은 선생만 이 자리에 네 명이다.

주영준 선생까진 예상하고 있었던 상대지만, 나머지 둘이 더 있을 거라곤 생각지 못했다.

길거리 캐스팅 현장 아니냐는 최성훈의 농담대로, 지금 상황은 복잡했다. 한재규 선생은 그렇다고 마음에 점해 뒀던 학생을 포기하고 싶지 않았다.

중간 평가를 봤을 때부터 딱 느낌이 왔다.

너는 될 놈이다.

"신서진."

"저를 찾는 분들이 많아서……. 와, 완전 관심받는 기분이네요."

"앞으로 몇 배로 받게 될 거다."

신서진은 능청스럽게 대답했고.

한재규 선생은 후하게 만점을 준 평가지를 내려다보며 말을 이었다.

"네 장점은 보컬이다. 알고 있겠지?"

"넵."

부드러운 미성의 보컬. 빨려들어 갈 것 같은 묘한 분위기. 그 것은 신서진만이 가진 장점이다.

하지만.

"네 가능성은 춤에 있다고 생각한다."

볼 때마다 늘어서 온다.

이젠 더 놀랄 것도 없다고 생각했건만, 중간 평가보다 오늘의 본무대가 좋았다.

오늘의 무대보다 먼 훗날의 무대는 죽여주게 좋겠지.

잡고 싶었다.

솔직히, 선생으로서 욕심이 났다.

"춤만 더 배우면 너는 최고의 스타가 될 거다. 서울예고에 잘 난 졸업생들 많지, 하지만 너는 그중에 하나가 될 사람이 아니 야."

"제가 사람이 아니긴……."

"가장 꼭대기, 그 위에 설 사람이지."

신서진의 중얼대는 말을 듣지 못한 한재규 선생은 열변을 토 했다.

"춤에 한해서는 여기 그 누구보다, 내가 잘 가르칠 자신이 있 어."

다른 선생들의 눈초리가 느껴졌지만 신경 쓸 필요가 없다.

대중음악 안무가의 대가. 그 명칭을 들으면 한재규 선생을 뽑 을 사람들이 많다.

그만한 커리어와 경력을 가지고 있으며, 신서진이 성공한다 한 들 한 줄의 커리어가 더해질 뿐이다.

이미 한재규 선생은 실력 있는 트레이너이자 좋은 스승이었으 니.

하지만, 이건 개인적인 열망이라 해 두자.

제대로 된 학생을 키워 보고 싶다는 욕심.

"잘 생각해 봐라."

한재규 선생은 마이크를 내려놓으며 흐뭇하게 웃었다.

　　　　　*　　　　　*　　　　　*

　평가까지 들은 뒤 무대 아래로 내려갔다.

　정확한 점수는 못 들었지만, 호평 일색인 무대였기에 이대로라면 데뷔 클래스 생존은 거의 확실시되었다.

　그건 비단 신서진만의 추측은 아닌 듯했다.

　터벅터벅.

　계단을 내려오자마자 서하린과 유민하가 동시에 탄성을 터뜨렸다.

　"꺄아아아!"

　"우리 통과한 거 맞지? 확실하지?"

　"그런 거 같은데? 방금 분위기 좋았잖아. 이야, 우리 한 건 한 거냐?"

　이유승은 만족스러운 미소를 지어 보이며 재킷에 손을 찔러 넣었다. 이번 무대를 무사히 마친 데에는 모두가 일등 공신이나 다름없었다. 이유승은 팀의 메인 보컬 역할을 톡톡히 해낸 유민하의 이름을 입에 올렸다.

　"유민하 고음 지리더라."

　"내가 힘 좀 썼지."

　"웃으면서 쫙 올리는데, 와……."

　이유승은 뿌듯해하는 유민하를 향해 엄지손가락을 치켜올렸고, 옷 도난 사건이 있었음에도 무대에서 무너지지 않은 서하린을 칭찬했다.

　"너도 멘탈 나갔을 법도 한데, 실전에 강하더라."

"웬일이야? 고마워."

그다음은 신서진이다.

이유승은 마지막으로 신서진을 향해 천천히 입을 떼었다.

"그리고 너도 되게……. 음."

입꼬리가 슬쩍 올라간 걸로 봐선 분명 칭찬이었는데, 어딘가로 시선을 돌린 이유승의 낯빛이 차갑게 식었다.

그 이유는 얼마 지나지 않아 알 수 있었다.

이유승의 눈길이 닿은 곳에 강지연이 있었다.

얼마나 울었는지 두 눈이 벌게져서는 퉁퉁 부은 모습으로.

서하린은 저도 모르게 인상을 찌푸렸다.

그쪽이나, 이쪽이나 이 상황에서 마주치고 싶지 않았던 것은 매한가지다.

"……."

숨 막힐 듯한 정적 속에서 이유승이 서하린의 등을 밀었다.

"서하린, 그냥 가자."

이 자리에서 언성 높여서 좋을 것 하나 없으니, 이유승의 판단은 현명했다.

하지만, 유감스럽게도 상대는 그럴 생각이 없어 보였다. 우리가 한 걸음을 떼자마자, 뒤편에서 날이 선 목소리가 들려왔다.

"야."

강지연에 관한 건은, 애초에 신서진이 직접 내린 형벌이 아니다.

[심판의 권능]

정의의 여신 니케가 손을 쓰고 갔다.

아마 혼자서만 기름칠이 된 무대를 걷는 기분이었겠지. 처벌의 강도는 정의를 어긴 만큼이니, 넘어져서 팔이나 다리가 부러지지 않은 걸 다행으로 생각해야 할 터였다.

정작 당사자는 그리 생각하지 않는 듯하지만.

"내가 우스워? 아니면 꼴 좋다, 그렇게 생각하고 있니?"

강지연은 이를 악문 채 서하린을 노려보았다.

잃을 대로 다 잃은 인간은 더 이상 놓을 게 없었고, 칼을 품은 목소리는 고스란히 이쪽을 향했다.

강지연의 데뷔 클래스 방출 소식. 무대에 오르기 전에 이미 들었던 사실이기에, 지금의 강지연이 반쯤 이성을 놓고 있으리라는 건 자명했다.

꼴 좋냐, 강지연은 그렇게 물었다.

그 물음에 대한 답은 신서진이 대신했다.

보고 있자니, 답답해 죽을 것 같아서 말이지.

"네, 당연하죠. 기분도 썩 나쁘진 않네요."

"뭐?"

"그럼 안 좋겠어요?"

먼저 입을 떼려던 서하린이 기겁하며 신서진을 돌아보았다.

"야, 너 왜 그래……."

"남의 조원 옷을 훔쳐 가지고 같은 반 애 사물함에 처박아 두질 않나. 뻔뻔하게 발악하면서 적반하장을 하지 않나. 그러면 저희가 아, 잘됐으면 좋겠다 응원이라도 해 줄 줄 알았나 봐요?"

직설적인 지적에, 이유승 역시 웃으며 말을 얹었다.

"옷 훔쳐 간 건……. 완전 선녀와 나무꾼인 줄 알았지."

"구전동화를 눈앞에서 직관할 줄은 몰랐는걸."

"뭐… 뭐?"

강지연은 신서진과 이유승의 조롱에 얼굴이 붉게 달아올랐다.

곧 터질 것 같은 얼굴인데.

"이것들이… 진짜……."

역시 인간들이란.

기억을 잃고 나니 다시 불나방처럼 덤벼든다.

덜덜 떨면서 한 번만 봐 달라고 했던 모습이 눈에 선연한데, 여전히 분노를 참지 못하는 하등한 모습이라니.

굳이 한 번 더 그 공포를 자각시켜 주고 싶진 않아 참았다.

심판의 권능은 마무리되었고, 강지연은 데뷔 클래스 방출로서 제가 저지른 죄의 대가를 치렀다.

물론, 그것은 신의 섭리다.

인간들은 인간들만이 나눠야 할 대화가 따로 있겠지.

아까와는 달리 차분해진 서하린의 눈빛.

신서진은 그런 서하린을 위해 한 걸음 뒤로 물러섰다.

터벅터벅.

강지연의 앞으로 걸어 나온 서하린은 더 이상 봐줄 생각이 없어 보였으니.

"이제는 할 말이 없어서 지 친구들을 졸졸……. 야, 너 내 말이 말 같지도 않니? 내가 훔쳐 갔다는 증거 있어? 내 사물함에선 아무것도 안 나왔……."

"선배."

고요하기에 더 살벌하게 느껴지는 목소리.

"…한 대 치겠는데."

이유승은 신서진의 귀에 속삭였고, 신서진은 어깨를 으쓱이며 그 모습을 가만히 지켜보고 서 있었다.

강지연을 끝내 이겨 먹을 수 없어서 무력하게 울었던 서하린이다.

그랬던 서하린이, 이제는 알고 있다.

이들을 천천히 돌아보며 확신한다.

제 편이 있다는 걸.

제 뒤에 여럿이나 있다는 것을.

그래서, 용기를 낸다.

"증거? 없죠. 책임을 물을 생각도 없어요. 옷은 찾았으니까."

때론, 배려가 가장 잔인한 복수일 때가 있다.

서하린이 웃으며 하는 말에 강지연은 아무런 반박도 하지 못했다.

"무대는 잘 마쳤고, 그런 제가 굳이 선배 붙들고 따지고 있을 필요는 없잖아요. 저 선배 무대도 잘 봤는데……."

"…뭐?"

"아까는 왜 그렇게 비틀거리셨어요? 취한 사람처럼."

푸흡.

서하린은 강지연의 면전에 대고 웃었다.

"대낮부터 술 드셨나?"

"이… 이… 정신 나간……."

그리고.

아까 강지연이 발악하듯 물었던 것에 대해 답해 주었다.

"존나 꼴 좋네."

*   *   *

서울예고의 4층 도서관.

유민하는 쾅, 책을 내려놓고선 신서진의 옆에 앉았다.

데뷔 클래스 기말 평가가 끝났다 해도 정식 기말고사는 별개였기 때문에, 어쩔 수 없이 도서관을 찾았다.

이유승은 앓는 소리를 내며 머리를 쥐어뜯었다.

"아, 왜 필기시험이야……."

필기시험에 가장 약한 이유승이다. 중간고사는 실기로 보더니, 데뷔 클래스 시험이랑 겹칠까 봐 기말은 전체 필기시험으로 돌렸나. 활자만 뚫어져라 쳐다보고 있던 이유승은 한숨과 함께 책상에 머리를 박았다.

그건 이쪽도 크게 다르지 않았다.

최성훈은 꾸벅꾸벅 졸다가 아예 책을 베개로 삼기 시작했다.

이다영은 어느새 정수리가 보이는 최성훈의 머리를 샤프 꽁지로 쿡쿡 찔렀다.

"너… 잘 거야……?"

"우으음……."

"민하야, 성훈이 진짜 자는 거 같은데?"

"야, 단체로 이럴 거야? 도서관에서 같이 공부하자며!"

"으아악!"

최성훈은 목덜미가 잡힌 채 유민하의 손길에 강제로 기상했다.

쯧.

"이러다가 낙제해서 데뷔 클래스는커녕 학교에서 쫓겨나려고 그러지? 어?"

오랜만에 유민하의 잔소리가 심해졌고, 최성훈은 울상이 된 얼굴로 책장을 넘겼다.

신서진은 트집을 잡히지 않기 위해 책을 관찰했다.

말 그대로 '관찰'만 했다.

"어렵군."

이게 뭔 소리다냐……

중간고사 당시엔 보지 않았던 국영수도 기말고사엔 포함이다.

예술고긴 해도 기초적인 교육과정은 따르는 편이라, 기말고사에 몰아넣었단다.

아예 놓을 수는 없는 터라, 수학 1이라 써 있는 교과서를 펼쳤다.

첫 장부터 여러 나라의 문자가 섞여 있는 괴기한 생김새의 방정식이 보이는데…….

음, 역시 못 알아듣겠다.

"피타고라스와 아리스토텔레스가 봤더라면 놀랄 만한 발전이군."

그 녀석들이 와도 못 풀 문제다.

뭐, 몇십 년 수학에 전념한다면야 익힐 수 있는 것들이겠지만, 유감스럽게도 몇천 년간 신서진은 단 한 번도 수학에 관심을 가져 본 적이 없었다.

"이… 이딴 걸 왜……."

돈을 벌 것이라면 양의 마릿수를 계산하여 목축에 활용하는 것보다야…….

양 몇백 마리를 훔치는 게 훨씬 효율적이지 않나?

"나 안 할래."

최성훈은 진작에 포기했고, 동태 눈깔로 머리를 박고 있는 이유승도 상태는 크게 다르지 않아 보였다. 이다영은 겉으로는 열심히 하는 것 같지만…….

"으응……."

공식을 빙자한 그림을 그리고 있다.

아이고, 교과서에 나온 모델에게 생머리를 그려 주고 있네.

저 모델은 제 얼굴이 그림판이 되고 있는 걸 알고 있을까.

저런.

"다 됐다……."

총체적 난국 속에서, 유일하게 내신 성적을 챙기는 유민하만이 갑갑하다는 듯 이쪽을 돌아보았다.

신서진은 싱긋 웃으며 말을 뱉었다.

"그냥 포기해."

"응, 아무래도 그러려고."

탁.

유민하는 소리 나게 책을 덮고선 화제를 돌렸다.

공부는 이미 글러 먹었으니 다른 게 궁금한 모양이었다.

"아, 맞다. 너, 지도 선생님 어떻게 됐어?"

어제 무대를 마치고 나서 연락이 꽤 많이 왔다. 한 네다섯 명 정도 되었나. 자신을 가르쳤던 선생도 있었고, 무대를 보고 빠져들었다며 평가 후에 찾아온 선생들도 있었다.

특히 한재규 선생의 열정적인 컨택에 잠시 답변을 미뤄 두었다.

서을예고의 지도 선생 시스템.

한번 엮이고 나면 최소 1년간 한배를 타야 하는 입장이다.

곁에 있는 스승이 누구냐에 따라 많은 영향을 받는 학생들이라면 신중할 수밖에 없는 문제.

유민하는 어느 정도 마음을 굳힌 것 같았다.

"나는 최서연 쌤 생각하고 있어. 같은 보컬 쪽이기도 하고, 볼 때마다 항상 잘해 주셨거든."

"응, 좋은 분이야!"

B반 출신이었던 이다영이 웃으며 말을 얹었다.

입이 가볍긴 해도 정이 많은 성격이라 나쁘지 않은 선택이라는 생각이 들었다.

그렇다면 나는…….

신서진은 머리를 긁적이며 한숨을 내쉬었다.

"한재규 쌤 생각하고 있어? 아니면 주영준 쌤?"

그 두 사람 중에서 고민하긴 했다.

춤에 가능성이 있을 테니, 함께 연습해 보자던 한재규 선생.

C반 시절부터 많이 배웠던 주영준 선생.

둘 다 까다롭지만 예리한 선생들이다.

어느 한쪽을 놓치는 게 아쉬울 정도로 좋은 스승들이나…….

"…마음을 정했어."

신서진은 웃으며 그리 답했다.

＊　　　　＊　　　　＊

일주일 뒤, 데뷔 클래스 연습실.

한겨울도 아닌데, 연습실 안은 얼어붙은 듯 싸늘했다.

"뜯을게."

한시은은 종이로 가려져 있는 결과지 앞에 섰다. 그녀의 뒤에는 이번 데뷔 클래스 기말 평가 결과를 기다리는 학생들이 줄서 있었다. 자포자기한 강지연은 꼴도 보기 싫다는 듯 벽에 붙어 서 있었지만, 그녀를 제외한 대부분의 학생들은 두 눈을 반짝였다.

"위에서부터 뜯어 봐."

"몇 명 방출인지, 그것부터 확인하자."

"아, 미친. 그냥 한 번에 뜯어!"

일단 더 의견이 많은 쪽으로.

한시은은 종이의 윗부분을 살짝 들어 보았다.

방출 인원수부터 보기 위함이었다.

"세 명이다."

열 명 중에 세 명이나 방출.

결코 적은 수가 아니었기에 사방에서 탄식이 울려 퍼졌다. 특히 제 자신이 간당간당하다고 생각했던 몇몇은 표정이 아예 일그러졌다.

"미친."

"야, 어떡하냐."

"나 이번엔 진짜 탈락할 거 같단 말이야."

이쯤 되니 한시은도 불안해졌다. 1조의 무대가 상대적으로 다른 조에 비해 혹평이었기 때문에, 그 악영향에선 그녀도 자유로울 수 없었다.

'최선을 다했으니까 괜찮겠지?'

어차피 고민한다고 해결될 문제는 아니다.

이제 모든 결과는 하늘에 맡겨야지.

"자아, 이제는 진짜로 뜯는다?"

쫘악―.

한시은은 이를 악문 채 결과지를 뜯었다.

쫘악―.

동시에, 연습실 안이 조용해진다.

1등부터 꼴등까지, 잔인하게 공개된 평가지.

"어… 어……."

제 이름을 찾기 위한 눈들이 빠르게 움직인다.

선배들에게 밀려나 뒤편에 서 있던 서하린은 제 이름을 발견한다.

"아."

서하린의 순위는 5위.

"살았다."

깊은 안도감이 그녀에게 몰려왔다.

딱 평균에 해당하는 수치.

1등을 갈망했고, 광기에 가까운 자신감을 가졌던 예전이라면 만족하지 않았을 성적이다. 고작 이런 고등학교에서 연습생도 안 해 본 어린애들을 상대로. 그렇게 자만했던 서하린이지만 무대를 준비하는 동안 깨달았다.

천재들이 모인 학교. 그중에서도 더한 애들이 뭉친 서울예고의 데뷔 클래스.

5등은 놀라울 정도로 잘한 기록이다.

중소 엔터의 우물 안 개구리였던 서하린은, 드디어 세상을 보게 되었다.

그렇기에 더없이 환한 미소를 지으며 고개를 돌렸다.

"나는 3등이야! 와아아아!"

유민하는 데뷔 클래스 첫 기말 평가에서 탑3에 든 것에 소리까지 지르며 기뻐했고.

"1등이다……."

가장 위에 이름을 올린 이유승은 넋을 놓은 얼굴로 중얼거렸다.

모두가 인정할 만한 순위다.

이유승은 센터에 서서 완벽히 중심을 잡아 줬고, 신서진 못지않게 춤 전공 선생들의 컨택을 휩쓸어 갔다.

커버 댄스. 이번 기말 평가의 주요 평가 항목은 퍼포먼스였기에, 이유승은 거기서 높은 평가를 받았다.

"멋있다. 서울예고 에이스."

"네가 할 말이냐?"

이유승은 제 어깨에 손을 올리는 신서진을 돌아보며 피식 웃었다.

고작 반년 만에, 서울예고에서 말도 안 되는 역사를 써 내려가고 있는 녀석.

그럼에도 한없이 태연하게 더 높은 곳을 올려다보는.

알 수 없는 괴짜, 신서진.

"너도 참, 대단하다."

아닌 게 아니라.

신서진의 순위는 2등.

에이틴의 세 명이 사실상 데뷔 클래스의 탑3를 싹쓸이 한 셈이었다.

*　　　　*　　　　*

데뷔 클래스 방출자는 총 세 명.

강지연을 포함해 1조에서 두 명, 2조에서도 한 명이 방출되었다.

예상과 달리 졸업반 학생들에서 방출자 전원이 나온 것이었다.

데뷔 클래스 분위기는 안도와 절망이 뒤섞여 복잡했다.

한시은은 최종 4등을 기록한 제 순위를 보며 가슴을 쓸어내렸다. 사실 강지연의 실수만 없었더라도, 한시은의 등수는 몇 계단 올랐을 것이다.

비록 순위는 떨어졌지만 여전히 한시은은 서울예고의 최강자 중 한 명이었다. 이번 평가에서도 그 위치를 공고히 한 것이나 다름없었고.

안도하고 있던 한시은의 시선이 자연히 뒤편으로 향했다.

데뷔 클래스 기말 평가에서 자신을 밀어내고 1위를 차지한 이유승.

그 옆에 서 있는 2위 신서진과 3위 유민하.

잘 해낼 거라 믿었던 애들이 정말 잘 해냈을 뿐이다.

한시은은 흐릿한 미소를 지으며 기쁨을 숨기지 못하는 아이들을 돌아보았다.

그때였다.

2학년 A반의 반장 허강민이 유리문 틈새로 고개를 빼꼼 내밀었다.

'쟤는 왜 여기 온 거지?'

똑똑.

문에 가까이 있던 2학년들만 들을 법한 소심한 두드림.

유민하가 놀란 얼굴로 고개를 돌렸다.

"여기는 무슨 일……."

"꼬리표 나왔어!"

"뭐……?"

방금 시험 결과를 보고 왔건만, 이젠 기말고사 결과가 나왔단다.

전 과목 성적이 한 줄로 나온 꼬리표를 해맑게 흔들거리던 허강민은 싸늘한 눈짓에 입을 다물었다.

"나 확인할래."

우등생인 유민하가 먼저 당당히 앞으로 나왔다.

만족스러운 성적이었는지 입가에 미소가 감돌았다.

나머지 셋은 그리 성적을 확인하고 싶지 않은 기색이었으나, 문 앞에서 허강민이 뻘쭘한 자세로 서 있는 통에 가만히 두고 볼 수는 없었다.

이어서 이유승이 꼬리표를 받아 갔다.

그리고.

"악!"

기말 성적을 보자마자 바로 찢어 버린다.

"뭘 본 거지?"

반 석차까지 살벌하게 공개된 꼬리표. 방금 전까지 데뷔 클래스 1위의 명예를 즐겼던 이유승은 시험 성적을 기억에서 잊었다. 거의 빛의 속도로 찢어 버린 것 같은데.

신서진은 쯧, 혀를 차면서 꼬리표를 받았다.

데뷔 클래스 성적도 놀랄 만큼 엄청난 성장세를 보여 줬거늘.

고작 기말 성적 따위가 자신을 놀라게 할 일은 없다.

"……"

놀랐다.

"너, 수학 점수 뭐냐."

신서진의 옆에 선 서하린이 깔깔대며 배를 잡았다.

국어, 영어 성적은 비교적 최상위권인 것에 비해, 수학 점수는 한 자리.

그것도 럭키 세븐이었다.

"와, 얘 한 자릿수야."

"…피타고라스한테 과외 받을걸."

"무슨 개소리야. 피타고라스가 살아 돌아왔으면 너 가르치다가 뒷목 잡고 쓰러졌겠지."

"그러는 네 점수는?"

힐끗.

신서진이 고개를 돌리자, 서하린은 허강민에게 전달받은 꼬리표를 다급히 가렸다.

나름 숨기려고 발악을 한 모양이지만, 신의 눈은 인간의 손보다 빠르다.

신서진은 생글거리며 큰 소리로 말을 뱉었다.

"국영수 셋 다 한 자릿수로군."

"영어는 10점 넘겼어!"

"…국어, 수학은 한 자릿수가 맞구나?"

사실 못 봤다.

뒤늦게 신서진의 수를 눈치챈 서하린은 분노했다.

"이… 이… 개자식아! 너 나 떠본 거지!"

"물론이지."

"아아아아악! 개짜증 나!"

서하린은 발을 구르며 꼬리표를 찢어 버렸고, 멀리서 그걸 다 지켜보고 있던 한시은은 웃음을 터뜨렸다.

"푸흡."

원래 이런 건 가까이서 보면 비극이고, 멀리서 보면 희극이다.

지금의 경우는, 멀리서 봤으니 꽤 재밌었던 희극이었달까.

"시은아, 우리도 기말고사 성적 나왔나 봐."

3학년 A반 반장이 꼬리표를 건네기 전까지만 해도 말이다.

한 학년 후배들의 모습을 지켜보며 흐뭇하게 웃고 있던 한시은.

"어머."

그녀는 꼬리표를 확인하자마자 주머니에 쑤셔 넣었다.

*   *   *

"야, 수학 7점."

"……"

"피타고라스도 울고 갈 빡대가리."

서하린은 5교시 수업이 끝나자마자 신서진의 등을 쿡쿡 찌르며 도발했다.

편입생이 들어오면서 자리를 한 번 바꿨는데, 하필이면 서하린이 제 뒤였다.

"흐음."

신서진은 따분하다는 듯 어깨를 으쓱였다.

어차피 저런 도발에는 타격감이 전혀 없다.

"국어 3점은 사람인지 궁금하네."

"……!"

올림포스에서 수천 년을 산 자신보다도 제 나라 말을 못하다니.

신서진은 심각한 얼굴로 중얼거렸다.

"혹시… 외국에서 유학했나?"

"뭐?"

"몇 년 살았어?"

"토종 한국인이거든? 십팔 년 동안 살았다, 어쩔래!"

"그런데 이 정도면 퍽 처참한걸."

"안 되겠다. 싸우자, 너."

그 모습을 창가쪽 자리에서 지켜보고 있던 유민하가 한숨을 내쉬며 다가왔다.

"야, 서하린. 어차피 네가 지는 싸움이니까 그만해."

수학만 한 자릿수가 나왔지, 수학을 제외한 다른 과목은 전부 최상위권이다.

실기 성적이 들어갔던 실용음악과 전공 과목들은 물론이고, 국어와 영어도 의외로 잘 봤다.

그러니 편입생이라 실기 성적이 아직 없는 데다가, 그나마 본 과목들도 처참히 망한 서하린은 무슨 말을 해도 신서진에게 밀릴 뿐이다. 신서진은 유민하의 지적에 흐뭇하게 웃어 보였다.

"현명한 말이지. 네가 뭘 좀 아는구나."

그리곤 다시 한번 서하린을 놀려 먹었다.

"역시 머리가 상당히 빈약해."

"아아아악! 너네 쌍으로 재수없는 거 알지?"

"알지."

"나도 알아."

"둘 다 인정하지 마. 진짜 개열받으니까."

투닥대는 게 하루 이틀도 아니다.

최성훈은 이유승을 힐끗 돌아보며 중얼거렸다.

이제는 서하린의 성격에 완벽히 적응한 탓이다.

"서하린이 신서진 머리채 안 잡는 거 보면 신기해……."

"신서진이 살살 잘 긁긴 하지."

다음 수업 시간까지는 5분 남짓 남은 시간.

이다영은 부스스한 머리로 잠에서 깼었다. 바로 옆에서 신서진과 서하린이 싸우고 있었던 통이다.

"우으음……. 왜 이리 시끄럽지……."

누구는 싸우고, 누구는 관망하고.

누구는 영문도 모르고 졸면서.

다들 각자 시험을 끝낸 여유를 즐긴다.

"애들아, 애들아!"

벌컥—.

허강민이 다급히 문을 열고 달려오기 전까지는 말이다.

"애네 다 어디 갔어? 어!"

교무실에서부터 다급히 뛰어올라 온 허강민이 숨을 헐떡이며 반 친구들을 찾았다.

싸우고 있으니 발견하는 게 어렵진 않았지만.

허강민은 달려가 신서진의 팔을 붙들었다.

"야, 야야. 신서진! 너 당장 따라와."

"응?"

"유민하, 이유승, 서하린. 너네 셋도! 학생부장님이 찾으시던데? 지금 내려오래."

쉬는 시간이 5분 남은 시점.

허강민은 전해야 할 소식을 전달했다.

"중요한 거니까 수업 째고 오라서."

"뭐? 지금 당장?"

*   *   *

"이게 뭐예요?"

네 명의 학생은 멍하니 앞에 놓인 서류를 내려다보았다.

허강민이 다급히 부르는 통에 교무실로 왔지만 영 이해할 수
없는 서류가 그들의 앞에 놓여 있었기 때문이었다.

이규필 학생부장은 담담하게 서류를 스윽 넘겼다.

묵직한 한마디가 그의 입에서 흘러나왔다.

"계약서다."

"계약서요……?"

"미친. 진짜 계약서라고요?"

서하린은 왼손으로 제 입을 격하게 틀어막았다. 막아도 어쩔
수 없이 새어 나오는 환호성.

유민하는 서하린과 달리 기쁨을 감추고선 침착하게 물었다.

"저희 데뷔하는 건가요?"

"그걸 고려하지 않고 있는 건 아니지만, 일단은 그건 아니다.
이건, 방송 활동 계약서야."

"아."

"방송 활동……? 그게 뭐야?"

한시은에게 들어 본 적은 있다.

유민하는 고개를 끄덕이며 서류를 꺼냈다.

서울예고에서는 데뷔 전에 과거 에이틴의 경우처럼 방송 활동

제안이 들어오는 경우가 종종 있었다.

제이처럼 축제에서 주목을 받은 경우나, 너튜브 등에서 인기를 몰았던 경우.

또는 아역배우로 한해성처럼 일찍부터 활동하는 경우도 있었으니, 그들을 관리하기 위한 시스템이 분명히 존재했다.

방송 활동 전면에 있어서 SW 엔터에서 관리가 들어가는 것.

계속해서 학생들에게 프로그램 제안이 들어온다면 마냥 손을 놓고 있을 수 없었기에 SW 엔터가 일종의 매니지먼트 대행을 해 주는 형식이었다.

이규필은 흐뭇한 미소를 지으며 놀란 얼굴로 눈을 굴리고 있는 네 사람에게 차분히 설명했다.

"계약기간은 1년 반이라고 생각하면 돼. 방송 활동 계약서는 원래 졸업을 기점으로 효력이 끝나니까. 그 전에 데뷔를 하게 되면 아까 말했듯이 새로 계약서 쓰게 될 거고."

"와아……."

SW 엔터와의 계약이라니. 물론 정식 계약은 아니지만 이게 어디냐.

탑3 안에 들어가는 기획사인 데다가 졸업 후 가장 가고 싶은 곳이기도 했다.

이유승과 유민하는 두 눈을 반짝이며 속사포로 질문을 쏟아냈다.

"그냥 싸인 하면 돼요? 여기서 해요?"

"와아아악! 내일까지 해 오면 되죠?"

"나 벌써 떨리는 거 같아."

"당장 프로그램 제안 하나 들어온 거 있으니까 이것도 읽어 보고. 유재현 작가가 직접 섭외하러 왔더라. 토크쇼고, 일회성이 긴 해도 나름 인기 있는 프로야."

"헉, 이거예요?"

"꺄아아악!"

이규필 학생부장의 말대로 꽤 유명한 프로그램.

"나 방송 나간다, 미친……."

토크쇼를 갈망하던 유민하는 입을 다물지 못했다. 표정을 보아하니 다들 아직 믿지 않는 눈치다. 데뷔 클래스에 들어가면서 데뷔에 한 발짝 가까워지긴 했지만, 이런 계약은 다들 처음이었기 때문이었다.

"이건 집에 가서 부모님 보여 드려. 싸인 받아 오고."

학생들에게 서류를 하나씩 손에 쥐여 준 이규필은 신서진을 보고선 잠시 멈칫했다.

생각해 보니 자신이 상당히 큰 말실수를 했다는 것을 깨달았기 때문이었다.

"아."

신서진은 가족도 일가친척도 따로 없다고 들었다.

기숙사에 합격해서 운 좋게 지내고는 있지만, 원래는 따로 지낼 곳조차 없어서 1년을 떠돌아 다니다가 서울예고를 휴학했던 거라고 소문이 퍼져 있었다.

이규필은 난감한 표정으로 말끝을 흐렸다.

"법적인 보호자 누구라도 크게 상관은 없으니깐……."

그게 자신에게 하는 말임을 눈치챈 신서진은 두 눈을 동그랗게 뜨고선 고개를 끄덕였다.

어차피 괜찮았다.

"아, 받아 올게요."

조금 멀기는 해도 싸인받을 사람은 있었다.

* * *

"제우수(諸優秀) 씨……"

다음 날, 이규필 선생은 머리를 긁적이며 신서진을 올려다보았다.

신서진의 법정대리인 자격으로 싸인을 받아 온 모양이었다.

쓰윽 훑어본 결과 서류에는 크게 문제 되는 건 없는 거 같고.

'독특한 이름이네.'

신서진은 두 눈을 반짝이며 고개를 끄덕였다.

"아버지 같은 분이십니다."

"어, 그래. 알았다."

사실 진짜 아버지긴 하지만 말이다.

직접 받아 왔으면 더 좋았을 테지만, 신서진이 올림포스를 탈출한 후 지금은 내외하는 사이.

조작으로 만들어 놓은 문서였다.

무튼, 한낱 인간들에게 걸리진 않을 것이다.

신서진은 공손한 자세로 물었다.

"이제 더 필요한 건 없을까요?"

"무슨 프로그램 나가는지는 주영준 선생에게 전해 들었지?"

"네. 토크쇼라고 들었어요."

"방송 경험 적은 학생들이라 작가들이 얼추 대본 짜 주니까, 너무 긴장하진 말고 적당히 즐기고 와라."

"넵!"

라디오는 해 봤어도, 토크쇼는 처음이다 보니 떨릴 법도 했다.

그럼에도 눈앞에 선 신서진은 한없이 태연해 보이는 얼굴이었다.

저 눈빛이… 더 무섭다.

가만 보면 물가에 내놓은 어린애처럼 유독 불안하단 말이지.

이규필 선생은 걱정스러운 눈빛을 감추고 화제를 돌렸다.

"아, 지도 선생은 어떻게 되었나?"

신서진은 지난 평가에서 유능한 선생들의 러브 콜을 많이 받았다.

유민하는 최서연 선생과 하게 되었고, 이유승은 결국 한재규 선생을 찾아갔다.

서하린은 이상혁 선생을 지도 선생으로 선택했다. 결국, 같은 조 팀원들이 모두 지도 선생을 선택한 상황. 신서진만 남았다.

'누군지는 몰라도 땡 잡았군.'

이규필 선생 역시 지금은 신서진이 서울예고의 역사를 써 내려갈 유망주 중 하나라고 생각했다.

그러니, 그의 지도 선생이 누구인지 자연스레 호기심이 일었을 뿐이다.

신서진 또한 수없이 고민했다.

마지막의, 마지막까지 고민했다.

두 분 다 너무 좋은 스승이라서, 두 사람을 동시에 찾아가서 배우고 싶었으니까.

하지만, 그건 현실적으로 불가능한 일이고 신서진은 결국 한 사람을 택해야 했다.

고민은 끝났다.

신서진은 웃으며 이규필 선생의 물음에 답했다.

"네, 결정했습니다."

오늘 바로 찾아뵐 예정이었다.

*　　　　*　　　　*

서울예고의 교무실.

끼이익, 문이 열리는 소리에 주영준 선생은 천천히 고개를 돌렸다.

A반 학생이자, 데뷔 클래스의 유망주 신서진이다.

그가 찾아온 이유를 알고 있었던 주영준 선생은 흐릿하게 웃으며 돌아보았다.

"지도 학생 하기로 한 거냐?"

신서진의 선택은 주영준 선생이었다.

깐깐하기는 해도 C반의 가망 없는 애들을 가장 많이 A반에 올려 보낸 경력이 있는, 적어도 제 학생들은 진심으로 챙기려 하는 사람.

그런 걸 차치하고라서도, 신서진은 주영준 선생의 실력이 마음에 들었다.

똑똑한 사람이다.

"의외구나."

주영준 선생은 신서진이 한재규 선생에게 갈 줄 알았다. 신서진을 지도 학생으로 삼고 싶다고 가장 강력하게 피력했던 사람이기도 하고, 신서진의 약점을 보완해 줄 수 있는 선생이기도 하니.

하지만, 그렇다고 해서 제 손에 들어온 기회를 양보해 줄 정도로. 주영준 선생은 물렁한 인간은 아니었다. 그는 제 감정을 숨기지 않고 웃었다.

"어쨌든 그 선택, 후회는 안 할 거다."

주영준 선생은 신서진을 보며 그리 말했고, 덧붙였다.

차연히 C반에서 신서진을 처음 봤던 날이 떠올랐기 때문이었다.

'신서진. 관둘 거야?'

'제가 왜요?'

C반에 배정되자마자 지레 포기해 버리는 녀석들이 많았다. 주영준 선생은 신서진도 그중 하나일 거라고 확신했다.

떠보듯 말했던 그 질문.

거기에 당차게 받아쳤던 그 아이가. 지금은 제 앞에 앉아 지도 학생이 되었다.

운명의 장난과도 같은 상황.

하마터면 그 당시 함부로 놀렸던 제 입을 원망할 뻔했다.

주영준 선생은 인정했다. 적어도 그 순간은 제 안목이 완전히 틀렸다는 걸.

그렇기에.

"그때 관두지 않아서 다행이구나."

주영준 선생은 흐뭇하게 웃어 보였다.

*　　　　*　　　　*

기말고사까지 학사 일정이 전부 끝난 상황. 그렇다고 해서 바쁘지 않은 것은 아니지만, 잠시 숨 돌릴 정도의 여유는 있었다.

물론 이쪽은 토크쇼 준비로 다시 바빠져야 했지만 말이다.

주영준 선생은 수업이 끝나자마자 신서진을 불렀다.

"토크쇼 나가게 됐지?"

"네, 이번에 섭외받았습니다."

"어떻게 할 생각이냐?"

이런 것까지 일대일로 조언해 줄 줄은 몰랐는데.

신서진은 주영준 선생의 물음에 잠시 멈칫했다.

당연하지만, 토크쇼를 많이 봐 왔던 것은 아니다. 주영준 선생의 지적대로 아직 계획이 없던 상태.

신서진이 뜸을 들이자, 주영준 선생이 차갑게 되물었다.

"가수가 춤과 노래만 잘 추면 된다고 생각하나 보지?"

"아닙니다."

"그래, 그게 되었더라면 노래 기깔나게 잘 부르는 애들은 진작에 다 떴겠지."

주영준 선생은 부족한 춤 실력에 대해 지적하지 않았다.

그보다 더 핵심적인 것에 집중한다.

"간단해. 가수한테 가장 중요한 건 스타성이야."

"스타성이요?"

"TV 몇 번만 돌려 봐도, 쟤가 왜 뜬 거지 싶은 애들이 수두룩할 거다. 꼭 그게 춤과 노래 실력에 비례하는 건 아니거든. 가수여도 방송으로 뜨고, 연기로 뜨기도 하지. 배우 쪽은 다르냐? 그것도 아니야. 연기 못하는 놈이 주연 자리 턱턱 채 가면서 의외로 롱런하기도 하니까."

일명 종합 엔터테이너. 하나만 해서 될 시대는 끝났다고, 주영준 선생은 강조하듯 말했다.

"그렇게 뜬 애들이 운으로 뜬 거 같아?"

아니지.

"기회를 잡은 거다."

"네."

"언제, 어떻게. 완벽한 타이밍에 기회를 잡느냐에 따라, 성공과 실패가 갈리는 바닥이거든."

신서진은 주영준 선생의 말에 고개를 끄덕였다.

"성공한 놈들은 쉽게 말해서 기회를 잡은 거야. 개나 소나 할 수 있는 일은 아니지."

주영준 선생은 씨익 웃으며 탁자 위의 서류를 손으로 가리켰다.

거기에는 유재현 작가가 두고 간 토크쇼 섭외서가 놓여 있었다.

"명심해라. 이 바닥에 백 프로 운인 건 없어. 기회까진 운으로 찾아올지 몰라도, 그걸 잡을 수 있는 실력은 네게 달려 있는 거다."

그게 스타성이다.

토크쇼든, 드라마든, 음악방송 무대든.

그런 곳을 수천 번 나간다 해도 대중들의 이목을 끌지 못하면 의미가 없다.

주영준 선생은 서류를 툭툭, 손으로 치면서 말을 이었다.

"토크쇼는 꽤 좋은 기회야. 네 이야기를 맘껏 할 수 있는 기회니까."

대중들이 보는 것은 '스토리'.

사람들은 평탄하게 살아온 무색무취의 가수보다는, 고난과 역경을 딛고 악착같이 버텨서 성공한 가수의 이야기를 더 듣고 싶어 한다.

그 편이 더 극적이니까. 당연하게도 방송은 오락이다.

대중음악이라고 해서 크게 다르지 않을 거라고, 주영준 선생은 판단했다.

"거기에서 근사한 춤을 추고 온다고 해서 사람들이 널 기억하진 않을 거다. 뭐, 적당히 나와서 춤추고 노래 부르고 들어온 고등학생? 그 정도로 기억하겠지."

"기타라도 들고 뒤로 뛸까요?"

"…확실히 뇌리에 박히긴 하겠네."

주영준 선생은 인상을 찡그렸지만 대놓고 반대하진 않았다.

이미 한 번 전적이 있기 때문일까. 주영준 선생은 어깨를 으쓱이며 말을 마저 했다.

"뭐, 기타로 사람을 내리찍는 게 아니라면 차라리 그게 나을지도 모르지. 가만히 앉아서 기타나 떙가떙가 치고 들어가는 멋대가리 없는 신인 가수들보다는……."

어차피 방송 현장에는 작가들이 있다.

드라마나 영화 대본만큼은 아니어도, 토크쇼에는 분명 대본이 있으며 각자 나름의 컨셉을 잡고 나온다.

그 상황에서 작가들은 지극히 평범해 보이는 이야기들을 포장하여, 제법 들을 만한 수준의 얘기들로 끌어올린다.

거기서 갈린다.

그걸 살릴 수 있는 사람이 있고, 흐릿하게 흘려 보내는 사람도 있다.

그 차이는 스스로의 이야기를 가지고 있느냐가 중점이다.

그것이 경쟁력이자, 스타성이라고 주영준 선생은 강조했다.

"그래서 네게 숙제를 내줄 생각이다."

아까부터 주영준 선생이 붙들고 있던 종이가 토크쇼 관련 서류라고 생각했었는데, 프린트에서 나온 용지는 전혀 뜻밖의 것이었다.

종이 한 면에 떡하니 박혀 있는 커다란 표. 생긴 건 딱 빈칸을 채워야 할 것 같은데.

신서진은 주영준 선생이 건넨 양식을 받아 들고선 물었다.

"이게 뭔가요?"

"자기 어필 과제다."

자기 어필이라면…….

"네가 뭘 잘하는지, 뭘 보여 줄 수 있는지, 그렇게 어필할 만한 것들."

"아."

"생각나는 건 전부, 거기에 적어 와라."

주영준 선생이 처음으로 내준 과제였다.

＊　　　　＊　　　　＊

"자기 어필 과제라고?"

유민하는 신서진의 과제를 듣고선 고개를 갸웃거렸다.

각자 지도 선생이 정해진 상황, 유민하도 최서연 선생한테 받아 온 숙제가 있었다.

대중가요 30곡을 분석해 오는 게 최서연 선생이 내준 숙제였고, 혼자하기엔 꽤나 벅찬 양이라 서로 서로 돕기 위해 한자리에 모인 상황이었다.

그건 이유승과 서하린도 크게 다르지 않았다.

그런데.

"네 거가 젤 난해한데?"

자기 어필 과제라니.

춤을 모니터링 해 오라는 직관적인 과제를 받았던 이유승은 인상을 찌푸렸다.

주영준 선생은 수업이 까다로워도 웬만한 건 직접 떠먹여 주는 성격인데, 춤도 보컬도 아닌 제 특기를 알아 오라는 모호한 과제라니.

잠시 머리를 긁적이던 서하린이 말을 얹었다.

"그냥 자기가 잘하는 거 줄줄이 쓰면 되는 거야?"

"우리가 찾아주면 되려나?"

신서진만이 가지고 있는 차별성.

토크쇼에서 보여 줄 수 있는 스토리.

주영준 선생이 알아 오라던 핵심은 바로 이 두 가지였다.

"으음……."

제 일은 아니지만 이유승은 심각하게 고민했다.

"잠깐만. 생각 좀 해 볼게."

신서진의 장점을 꼽는다면 타고난 미성의 보이스와 호감형의 얼굴을 말할 수 있을 것이다.

하지만, 주영준 선생이 그리 뻔한 과제를 내주진 않았을 거라는 생각이 들었다.

"토크쇼를 언급하시면서 이 과제를 내주신 거 아니야?"

"맞아."

"평범하게 노래 부르고 그런 건 아닐 거라고 보는데."

"나도 비슷하게 생각했어."

신서진의 이유승의 지적에 고개를 끄덕였다.

주영준 선생은 신서진만이 가지고 있는 특기를 찾아 오라는 것 같았다. 그게 단순히 개인기여도 상관없고, 스토리를 지닌 무언가면 더 좋을 것이고.

문제는 그게 감이 잡히진 않는다는 점이었다.

차별화된 장기라…….

'나 나는 거 잘하는데.'

토크쇼에서 공중 부양 마술을 보여 줬다간 빌보드는커녕 실험실에 끌려갈 수 있으므로 제외하기로 했다.

그렇다면 뭘 해야 하나?

신서진은 얼굴을 찡그린 채 수천 년의 경험 중에서 제가 잘했던 것들을 모두 곱씹었고, 현대에 와서 보여 줄 만한 것들은 족히 적었다.

결국, 이런 건 남의 시선을 빌릴 수밖에 없다.

괜찮은 게 없냐는 듯한 신서진의 눈빛에, 유민하가 조심스럽게 입을 뗐다.

"너는 감이 좋은 편이지."

"아, 맞다! 조명 사건도 바로 보고 뛰어들어서 네가 성훈이 구한 거잖아?"

"뭐야, 돗자리 까는 게 특기였어? 나도 좀 봐 줘!"

그 광경을 눈앞에서 직관하지 못했던 서하린이 고개를 갸웃거렸고, 이유승은 그게 아니라며 손을 내저었다. 물론 감이 좋다는 걸 방송에서 보여 줄 수 있는 방법이 없으니 기각되었다.

한참을 고민하던 이유승은 다시 그때의 사건을 입에 올렸다.

"아니면… 뭐, 민첩하다고도 볼 수 있지 않을까? 네가 조명 막을 때 달리는 게 안 보였을 정도로 빨랐다면서."

"아, 운동에 소질이 있다고?"

"우리가 직접 본 적은 없지만 그럴 수도 있지."

이유승의 말에 유민하는 격하게 고개를 끄덕이며 동감했다.

토크쇼에서 보면 특기라면서 잘하는 운동 하나씩 들고 와서 보여 주지 않던가.

보여 주는 재미도 있고, 무난하게 기억에 잘 남는 특기기도 했다.

물론 어느 정도 감탄할 만한 실력을 갖췄다는 가정하에. 유민하는 신서진의 어깨를 툭툭 치고선 물었다.

　"생각해 봐. 네가 잘할 만한 거 있어? 민첩하게 할 수 있는 것 중에서."

　민첩함. 그리고 훌륭한 감.

　두 가지로 할 수 있는 일이 있다. 실제로 밥 먹듯이 해 왔으니 실력은 더 볼 것도 없겠지.

　"아!"

　생각났다.

　신서진은 씨익 웃으며 고개를 끄덕였다.

Chapter. 2

신서진이 호언장담하듯 내뱉은 특기.

늘 그렇지만 저러니까 더욱 불안해진다.

유민하는 고개를 갸웃거리며 신서진에게 물었다.

"어떤 건데? 실력은 자신 있는 거야?"

"당연하지."

한 치의 망설임 없는 대답.

이유승은 두 눈을 동그랗게 뜬 채 그게 뭐냐고 물었다.

서울예고에 와서 신서진이 운동 비슷한 걸 하는 꼴을 못 봤다. 춤을 출 때 빼고는 땀을 전혀 흘리지 않으려는 주의. 자연히 호기심이 일었다.

"축구? 야구? 이쪽은 민첩은 아닌가……? 그냥 달리기?"

그런데, 어째서.

신서진은 인자하게 웃고 있을 뿐 대답을 안 하는가.

뭔가… 뭔가… 좀 이상하다.

이유승은 두 눈을 끔뻑이며 유민하를 돌아보았다.

"뭐야?"

"…없는 거야?"

서하린도 영문을 모르겠다는 듯 신서진을 바라보며 물었다.

보여 줄 게 있으면 빨리 보여 주라고. 재촉하듯 내뱉는 말에, 한참 동안 멈춰 있었던 신서진이 입을 떼었다.

"이미 보여 줬는걸?"

"그게 무슨 개소리야?"

순간, 싸한 바람이 불었다.

"…어?"

뭔가 허전한 손목. 서하린은 뒤늦게 제 왼팔을 오른손으로 움켜쥐었다.

"헉!"

디지털 시계가 있어야 할 자리에 휑하니 팔만 남아 있다. 비슷한 감각을 뒤늦게 느낀 것은 이유승도 마찬가지.

이유승은 주머니를 뒤지며 식겁했다.

"미친. 내 이어폰 어디 갔어?"

"악, 내 반지! 뭐야? 네가 빼 간 거야? 언제?"

헤르메스는 전령의 신이자, 상업의 신이고, 도둑의 신이다.

태어나자마자 아폴론의 소 떼를 훔쳐 놓고 도망갔는데, 거우 이 정도의 얕은수도 쓰지 못할 리가.

민첩성 하니까 생각났을 뿐이다.

적당히 민첩하게 슬쩍하기.

신서진은 싱긋 웃어 보이며 서하린의 시계를 흔들거렸다.

그게 왜 거기 있냐고!

서하린은 믿을 수 없다는 얼굴로 입을 틀어막았다.

"뭐야… 뭐야… 너 어떻게 한 거야!"

그 짧은 시간에, 세 사람의 물건을 티도 안 나게 훔쳐 갔다.

다른 건 둘째 치고 손가락에 끼고 있던 반지를 대체 어떻게.

유민하는 경악하며 입을 떡 벌렸다.

"민첩하지?"

이 미친놈은 지가 뭘 했는지도 모르는 것 같다.

소매치기의 신.

"이걸 특기로 써 볼까?"

"안 돼!"

"이 미친놈아!"

이유승과 유민하는 동시에 손을 뻗었다.

신서진의 의아해하며 되물었다.

"실력이… 조금 부족한가?"

"소질은 넘치도록 충분한데."

"야, 그게 문제가 아니라……."

소매치기가 특기인 아이돌이라.

주영준 선생의 바람대로 대중들의 기억에는 확실히 박힐 것
같긴 한데…….

그게 중요한 게 아니잖아!

"이걸 방송 나가서 하겠다고?"

이 녀석을 데리고 토크쇼를 나가라니.

유민하는 지끈거리는 머리를 짚었다.

*   *   *

방학식 일주일 전.

이른 아침부터 운동장을 산책 겸 돌고 있던 주영준 선생은 익숙한 얼굴을 만났다. 이 시간쯤이면 늘 이 근처를 어슬렁거리는 한재규 선생이었다.

두 사람 모두 신서진을 선택했었다. 결과적으로 신서진을 지도 학생으로 가르치게 된 것은 주영준 선생이지만, 두 사람은 나름 친분이 있는 편이었다.

전 학교에서부터 같이 근무했던 사이.

한재규 선생은 알은척을 하며 주영준 선생의 곁을 따라 걸었다. 피식 웃으며 한 사람의 이름을 입에 올린다.

신서진.

두 사람의 공통 주제가 될 수밖에 없는 이름이다.

"요새 혈색이 좋으신 걸 보니 만족스러우신가 봅니다."

"신서진이요?"

"가르치는 대로 잘 알아듣던가요?"

한재규 선생도 이유승을 가르치느라 정신이 없던 상태였다. 방학을 앞두고 있다지만, 지도 학생이 배정되고 나서는 개인적인 업무까지 추가되는 통에 오히려 더 바빠졌다.

선생 둘이 모여서 할 얘기는 학생들 얘기밖에 없으니 자연히 이야기가 이쪽으로 흐른다.

주영준 선생은 한재규 선생의 물음에 슬쩍 미소를 지어 보였다.

"워낙에 똑똑한 녀석이니까요."

"누구를 칭찬하는 걸 되게 오랜만에 보는 기분인데."

"…그렇긴 하죠."

깐깐하기로 소문난 두 선생이다.

그런 두 사람이 신서진을 상대로는 제법 후한 평가를 나누고 있는 중이다.

"노래는 이미 잘하고, 춤도 연습할 때마다 늘고… 뭐, 딱히 걱정하실 건 없을 거 같은데요."

한재규 선생은 너털웃음을 터뜨리며 신서진을 평가했다가…….

"어?"

운동장 건너편을 보고선 두 눈을 동그랗게 떴다.

"어어?"

호랑이도 제 말 하면 온다지만, 여기서 마주칠 줄은 몰랐던 얼굴.

꽤 이른 시간에 운동장에서 숨을 헐떡이며 뛰고 있는 저 녀석.

쟤, 신서진 아닌가?

아니, 지금 토크쇼도 코앞이고.

기말 시험이 끝나서 한가할 시간에 연습이라도 미리 해 둬야지, 왜 느닷없이 체력 단련을 하고 있나.

멀리서 보면 실용음악과가 아니라 체육과인가 싶을 정도로 전력 질주를 하며 날뛰는 신서진.

한재규 선생은 저도 모르게 인상을 찌푸리고 말았다.

"…걱정할 거 생기신 거 같은데요?"

"네? 아니, 쟤가 왜……."

당황한 건 주영준 선생도 마찬가지였다.

신서진에게 내줬던 자기 어필 과제. 어떤 방식으로 그 빈칸을 채워 오든 상관은 없다만…….

왜 운동장만 저리 뛰어 대고 있지?

아.

주영준 선생은 뒤늦게 이해했다.

"저 녀석의… 스토리인가 봅니다."

"네?"

"스토리를 찾아 오라는 말을 했었거든요. 방송에서 보는 게 춤과 노래만은 아니니까. 토크쇼에서 확실히 보여 줄 수 있는 자신만의 스토리를 찾아라… 그런 말을 했었는데요."

"저게… 스토리군요."

"그런가 봐요."

꿈보다 해몽이다.

주영준 선생은 눈썹을 움찔거리며 팔짱을 꼈다.

유감스럽게도 신서진은 이쪽을 보지 못한 듯하다.

보아하니, 같은 A반 녀석들도 신서진을 도와주고 있는 것 같은데.

꽤 멀리 떨어져 있는 거리였지만 편입생과 신서진이 투닥대는 소리가 또렷히 들려왔다.

"방금 진짜 빨랐어! 한 바퀴 더 해 봐!"

"이거… 맞아?"

"뭘 해도 소매치기보단 나을 거 아니야!"

"그게 어때서!"

무슨 상황인지는 몰라도, 나름 제가 내준 과제를 열심히 하는 모습들이라 피식 웃음이 새어 나왔다.

한재규 선생은 황당하다는 듯 혀를 내두르며 물었다.

"아니, 왜 저런 걸 내주셨어요?"

"저도 운동장을 뛸 줄은 몰랐는데요."

"아."

연습을 하기에도 바쁜 시간이다.

데뷔 클래스 학생이면 더더욱 시간에 쫓길 것이고. 그럼에도 자신이 저런 과제를 내준 이유는…….

주영준 선생은 그 해답을 신서진 스스로 찾길 바랐기 때문이었다.

주영준 선생은 운동기구가 있는 쪽으로 발걸음을 옮기면서 한재규에게 말했다.

"사실 토크쇼가 좋은 기회긴 한데, 물가에 내놓은 애들을 보는 심정을 지울 수가 없어서요."

"…그렇긴 하죠."

"토크쇼에서 가장 질문을 많이 받을 녀석이 누구일 거 같으세요?"

"으음. 이유승 아닌가요?"

제 지도 학생이어서가 아니라 데뷔 클래스 1위기 때문에.

한재규 선생은 그리 단순하게 생각하며 이유승을 꼽았다.

하지만, 주영준 선생의 말에 곧바로 제 생각이 틀렸음을 깨달았다.

"저는 신서진, 저 녀석일 거라고 봅니다."

"아!"

"C반에서 A반까지 올라오면서 끝내 데뷔 클래스 2위까지 올라온, 흔치 않은 케이스기도 하고… 원래 방송은 절절한 서사에 더 집착하니까요."

"스토리가 있네요."

"거기에 아무래도 출신이 그렇잖습니까."

신서진이 갈 곳 없는 고아 신세라는 건, 같은 학년 선생들은 알고 있었다.

A반에 합격하지 않았어도 신서진의 경우는 기숙사가 지원되었을 것이다. 제 성적으로 장학금을 따기 전까지는 서울예고 측의 학비 지원도 있었고…….

그렇게 선생들이 공공연히 알고 있는 얘기라면 방송국 놈들도 알고 있을 것이다.

주영준 선생은 그 점을 우려했다.

한재규는 두 눈을 크게 뜨며 주영준 선생을 돌아보았다.

"이미 완벽한 스토리를 갖추고 있는 녀석이죠."

애초에 자기 어필 과제, 주영준 선생이 내준 숙제를 해 올 필요가 없는 아이다. 방송에서 가장 다루기 좋은 소재를 가지고 있는 녀석이니.

하지만.

굳이.

그런 이야기들을 다뤄야 하나.

겉껍데기에 불과한 스토리들로 신서진을 정의할 수 없듯, 다른 매력을 충분히 지닌 아이인데.

어느 방송이든 자극적인 얘기만 남게 될 것이다.

주영준 선생은 그런 '스토리'라면 바라지 않았다.

그건 오래가는 스토리가 아니다.

단물만 쪽쪽 빼먹고 나면 방송국 놈들에게 버려질 가십거리에 불과하지.

주영준 선생은 신서진이 상처를 받을까 걱정했다.

이제 막 사회에 나가려는 아이들을 그렇게 꺾어 버릴까 봐, 주영준 선생은 힘겹게 입을 떼었다.

"휘둘릴까 봐 걱정이 되어서요. 세상 다 산 놈처럼 엉뚱하게 굴어도 결국⋯⋯."

결국⋯⋯.

"어린애들이잖아요."

주영준 선생은 그렇게 말하며 슬프게 웃었다.

*   *   *

그날 저녁, 서울예고의 데뷔 클래스 연습실.

한재규 선생이 빌려준 덕에 방과 후엔 얼마든지 여기서 연습할 수 있었다. 덕분에 오늘도 밤이 다 되어 가도록 연습실에 박혀 있는 상태였다.

이유승이 기진맥진한 얼굴로 헐떡이며 기어 왔다.

"컷!"

신서진은 카메라 전원을 누르고선 힘차게 외쳤다.

드라마에서 보니까 이렇게 하더만…….

이거 맞지?

"어? 신서진! 너 왜 전원을 꺼 버렸어?"

"…저장하는 거 아니야?"

"저장 안 됐는데?"

어라.

"뭐… 뭐?"

두 눈을 끔뻑이는 사이, 그 소식을 뒤늦게 들은 이유승이 절망하며 주저앉았다.

"야! 내가 신서진 손에 카메라 쥐여 주지 말랬지! 쟤 기계치라고오오!"

"거의 원시시대 사람 수준이긴 해."

"와, 진짜 이거 복구 안 되는데? 이유승, 어떻게 해?"

서하린은 혀를 차며 말을 얹었고, 모니터링 영상을 다시 찍어 가야 하는 이유승은 신서진을 향해 꽉 티슈를 던졌다.

"야, 신서진!"

저런.

인간의 명중력은 그리 좋지 않다.

신서진은 옆으로 슬쩍 피하고선 머쓱하게 웃어 보였다.

잔뜩 화난 것 같으니 우선 달래 보도록 하자.

"미안… 한 번만 더 찍어 볼까?"

"내가 오늘 기필코 쟤는 조진다……."

부들거리면서 자리에서 일어나길래, 신서진은 혀를 차며 이유 승을 앉혔다.

"한 번만 더 가 봐. 오히려 아까보다 컨디션도 괜찮아진 것 같은데?"

"내가 지금 몇 번을 찍었는데. 괜찮아지긴 무슨 곧 죽을 것 같… 어?"

하도 징징대길래 능력을 좀 썼다.

"어? 어어……? 진짜네?"

이유승은 갑자기 몸이 가벼워졌는지 제 손을 내려다보며 멀뚱히 앉아 있었고, 유민하는 재촉하듯 이유승을 일으켜 세웠다.

"괜찮으면 빨리 다시 해."

"아아악……."

한재규 선생이 숙제로 내줬다는 춤 모니터링 평가.

하루에 영상 두 개씩 찍어 오라는 숙제를, 이유승은 나름 성실히 해 가는 중이다.

영상을 다 찍고 나서 모니터링은 다 같이 모여서 한다.

예전과 달라진 게 있다면, 이제는 자신도 꽤 도움이 된다는 것.

첫 모니터링 때는 웬 조그마한 사진에서 사람이 꼬물대는 걸 보는 기분이었는데.

이제는 뭐가 조금 보이기 시작한다.

신서진은 모니터를 가리키면서 입을 열었다.

"어, 내가 봤을 때 여기서 이유승이……."

잠깐만.

멈춰야 말을 할 것 아니냐.

"그러니까 여기서……."

제길.

아니, 이거 왜 자꾸 돌아가.

"야, 이거 어떻게 멈춰!"

우당탕탕.

기계치 신서진은 죄 없는 모니터를 툭툭 치면서 유민하를 다급히 불렀다.

"아무래도 고장 났나 봐!"

"안 고장 났어!"

      *   *   *

"이거야? 이거였어?"

"그래, 그거 누르면 멈춘다니까."

"와……. 천재잖아?"

"아우, 저 기계치!"

물론 여전히 전자기기를 다루는 데엔 어색하긴 하지만, 유민하의 도움으로 일시 정지에 성공했다.

어쨌든.

신서진은 다시 진지한 얼굴로 모니터링의 결과를 지적했다.

"여기서 살짝 박자 빨랐다. 다 같이 추면 박자 더 안 맞을 거 같아."

"아, 여기서 살짝 빨리 들어갔다."

"잠깐만. 스탑. 여기서 손동작을 팔을 끝까지 펼지, 아니면 살짝 꺾을지 결정하고 들어가는 게 나을 것 같아. 1절에서랑 2절에서랑 지금 통일이 안 되거든."

"아. 그러네. 많이 늘었다, 야. 네가 나보다 모니터링 잘하는 것 같은데."

모니터링의 장점은 무의식적으로 하는 실수들을 잡아낼 수 있다는 점.

괜히 한재규 선생이 매일 두 개씩 찍어 오라고 한 건 아닌 모양이었다.

이유승은 큰 깨달음을 얻은 듯한 얼굴로 연신 감탄하며 신서진이 말했던 것들을 메모했다.

"이거까지 연습해서 언제 다시 찍냐. 밤새겠네, 정말."

밤샐 예정인 건 이쪽도 마찬가지.

이유승이 모니터링 과제에 죽어 가는 동안, 유민하는 가요 분석의 홍수 속을 헤매고 있다.

"아, 죽을 거 같아……."

자그마치 30곡. 호흡과 발성, 감정선까지 다 체크해서 오라고 했단다.

유민하는 제 머리를 쥐어뜯으며 다섯 번째 곡 분석에 들어갔고, 서하린은 옆에서 도와주며 턱을 괴고 있었다.

"두 번째 구절 호흡 체크해 봤어?"

"응응. 지금 전체적으로 다 표시하고, 발성 체크 중이야."

"방금은 Chest voice(흉성) 아니었어? 매 구절마다 체크해 오래?"

"Chest voice에서 head로 중간에 바뀌도록 부르는 게 나을 것 같지?"

"그런 거 몰라. 나는 내 맘대로 부르는 편이라서."

이러니 기숙사보다 연습실에 있는 시간이 더 길어진다.

"후우……."

저마다 정신없이 바쁜 와중, 신서진도 주영준 선생에게 받은 종이를 꺼내 들었다.

꽤 많이 남아 있는 빈칸. 이 중에 절반도 채우지 못했다.

특히, 특기를 써야 하는 저 칸이 가장 어렵단 말이지.

신서진은 텅 빈 칸을 노려보면서 혀를 내저었다.

"소매치기도 안 된다고 하고, 50m 달리기도 스튜디오에선 못한다고 하고……."

스읍, 이래선 할 수 있는 게 없지 않나.

차라리 하루 2회 모니터링과 30곡 분석하기가 더 쉬워 보일 만큼, 자기 어필 과제는 모호하기 그지없었다.

나름 네 명이 여기서 머리를 맞대어 봤는데 결론이 나오질 않았다.

결국 오늘도 미루기로 했다. 신서진은 한숨을 내쉬며 종이를 주머니에 접어 넣었다.

"나중에 A반 애들한테도 물어봐야겠다."

시계를 보니 어느덧 기숙사에 들어가야 할 시간이다.

이제 슬슬 갈 채비를 하려는데, 뒷문이 벌컥 열렸다.

"어, 신서진?"

키가 멀대처럼 큰 정기태 선생이 놀란 눈으로 들어왔다.

"이 시간까지 연습하고 있었어?"

"네. 저희 토크쇼 준비 때문에 연습 중이었어요."

"밥도 안 먹고 그러고들 있냐."

"가볍게 때우긴 했어요!"

"어, 다들 열심히 준비하고 있구만."

유민하가 두 눈을 반짝거리면서 대답하자.

정기태 선생은 혀를 짧게 짜고선 다시 뒷문으로 나가려 했다.

교무실에 두고 온 교재가 있었던 모양.

"아, 맞다."

들어온 대로 돌아서 나가려던 정기태 선생은 잠시 멈칫했다.

뭔 일인가 싶어서 정기태 선생을 올려보는데, 그의 입에서 예상치 못한 말이 튀어나왔다.

"너네 데뷔 클래스 세 명 방출됐었지? 내일 새로운 애들 들어올 거다."

"새로운 애들이요? 벌써 들어와요?"

"어, 그래. 2학년 친구들이던데."

2학기부터 데뷔 클래스에 들어오게 된 같은 학년 친구들.

높은 확률로 A반 소속일 게 분명해졌기에 유민하와 신서진은 동시에 눈을 마주쳤다.

"그게 누구지?"

*　　　*　　　*

다음 날, 오전.

신서진은 당일 나갈 진도를 예습하느라 정신이 없었다. 정기태 선생은 은근히 그런 면에서 까다로운 편이었기 때문에, 교재를 한 번도 안 읽어 간 티를 내면 곤란했다.

이번 주는 내리 토크쇼 준비로 바빴으니 책을 미리 읽을 시간도 없었고, 결국 남은 건 이 자투리 시간이다. 정기태 선생이 잠시 교재를 가지러 교무실에 간, 지금 이 시간.

유민하가 제 옆구리를 쿡쿡 찌르기 전까지 신서진은 책만 뚫어져라 보느라 완전히 집중한 상태였다.

그래서, 데뷔 클래스 전체가 웅성거리는 걸 조금 늦게 들었다.

"음?"

유리문을 열고 들어오는 익숙한 얼굴들.

유민하가 기겁하며 두 눈을 동그랗게 떴다. 그 시선을 따라 신서진 역시 뒤늦게 고개를 들었다.

뭔가… 뭔가…….

목소리가 익숙한데?

"안녕하세요! 잘 부탁드립니다!"

해맑게 인사하며 걸어오는 실루엣과.

"안녕하세요, 2학년 A반 허강민이라고 합니다."

지극히 차분하게 말을 뱉는 A반 반장 녀석.

마지막으로…….

"안녕하세요…….."

기어들어갈 듯한 목소리로 고개를 꾸벅이는 학생까지.

익숙하다 생각했는데…….

"최성훈이랑 이다영이잖아?"

신서진은 기겁하며 탄성을 터뜨렸다.

"쟤네 언제 들어온 거야?"

유민하의 얼굴을 돌아보니 넋이 나가 있는 건 비슷했다. 이쪽도 아무 얘기도 듣지 못한 것은 마찬가지다.

지금 이 심정은 충격이라는 말로도 이루 형용할 수 없는 수준.

이 중요한 걸 비밀로 하고 있었다고?

말문 막힌 제 심정을 아는지 모르는지, 최성훈이 이쪽을 보며 해맑게 손을 흔들어 보였다.

"어, 신서진이다!"

"허어……."

그 옆에서 낯을 잔뜩 가리고 있는 이다영은 입을 다문 채 움찔거리고 있다.

에이틴의 남은 두 멤버가 A반 반장 녀석과 함께 데뷔 클래스에 입학했다.

그러니까, 3명의 추가 합격생들이…….

"열심히 하겠습니다! 앞으로 잘 부탁드립니다!"

저 녀석들이라는 거지?

*   *   *

데뷔 클래스 첫 수업을 마치고선 단체로 학교 근처의 분식집으로 향했다.

1학기 때는 가끔 시간을 내서 오곤 했었지만, 기존 수업에 데뷔 클래스 일들까지 겹치면서 요새는 거의 찾지 못했다.

최근에 에이틴 전 멤버가 이렇게 밖에서 모인 적도 손에 꼽았다.

능숙하게 떡볶이 3인분과 순대, 어묵을 주문한 이유승이 무슨 일이냐는 듯 최성훈을 돌아보았다.

"언제 합격했냐? 왜 말도 안 해 줬어?"

"일부로 안 한 건 아닌데… 우리도 안 지 얼마 안 됐어."

"그러는 김에 깜짝 비밀로 하기로 한 거긴 해."

최성훈과 허강민이 나란히 상황을 설명했다.

사실 기말고사가 끝나고 성적이 나온 뒤에 이규필 학생부장에게서 연락을 받았단다.

"될 줄은 몰랐는데, 실기 성적이 엄청 올랐더라고."

최성훈은 들뜬 목소리로 말을 얹었다.

주위에 날고 기는 녀석들만 있었어서 그렇지, 최성훈 역시 반 년도 안 되는 기간 동안 비약적으로 성장했다. 본인이 그렇게 우길 때, 유민하가 그냥 웃어넘겼지만 말이다.

거기에 더해 허강민은 원래 A반의 유망주기도 했고, 이다영은 작곡 특기로 붙은 모양이었다.

유민하는 갓 나온 뜨끈뜨끈한 국물을 이다영에게 건넸다.

"어쨌든 축하해."

"고마워……."

내색은 하지 않았어도, 에이틴의 절반이 넘는 멤버가 데뷔 클래스로 빠졌으니 그간 심경이 복잡했을 터였다.

함께 열심히 연습했던 터라 괜히 울컥해지는 건 어쩔 수 없다.

이유승은 사이다를 홀짝거리며 피식 웃었다.

"그래, 우리 멤버들 다시 모여서 좋네."

"이야, 이제 다시 에이틴이네!"

"맞지, 맞지."

에이틴이 다시 완전체가 되었다.

유민하의 옆에 앉아 있던 서하린은 훈훈한 광경을 보면서 볼 멘소리를 했다.

"뭐야, 나만 모르는 얘기 하네. 에이틴 아니라서 겁나 서럽게."

"…나도 아니야."

"동병상련이구나, 우리."

허강민과 서하린은 시무룩한 얼굴로 속삭이며 머리를 맞대었다.

시답잖은 얘기를 나누면서 그간 있었던 일을 서로에게 묻는다.

데뷔 클래스가 기말평가를 준비하는 동안, A반에서 있었던 일들.

시험은 어떻게 봤는지, 저녁 연습 때는 어떻게 지냈는지.

시간이 없어서 묻지 못했던 이야기들을 풀어 본다.

그러다 문득, 유민하가 고개를 들고선 세 사람을 돌아보았다.

"아, 맞다. 너네한테 물어볼 거 있었는데."

"뭐를?"

"신서진, 얘 때문에. 주영준 쌤이 내주신 과제가 너무 빡세서."

아.

유민하가 무슨 말을 꺼내려는지 눈치챌 수 있었다.

주영준 선생이 내준 자기 어필 과제를 아직도 채우지 못한 상태다. 원래 저 녀석들에게 물어보려 했었는데 타이밍을 놓쳤다.

"과제?"

최성훈은 그게 무슨 소리냐는 듯 물었고, 신서진은 뜨거운 어묵 국물을 후후— 불고선 태연하게 답했다.

"내가 어필할 만한 걸 찾아 오라던데."

"뭐, 신서진 장점 그런 거 찾아 오라는 거야?"

"수많은 장점이 있겠지만 그중 하나를 선별해 오라는 거겠지."

마치 장점이 있긴 하냐는 듯 심각한 고민에 잠긴 표정이라 말을 없었다.

그냥 장점이면 즉각적으로 튀어나와야지, 왜 고민을 하고 있냐.

최성훈은 일생일대의 고민을 마주한 것 같은 얼굴로 미간을 찌푸렸고, 이다영은 그런 신서진의 눈치만 살폈다.

"……"

어이가 없다.

"이 싸늘한 반응은 뭐지?"

"아, 아니야. 너무 많아서 생각 중이야."

오물오물.

허강민은 담담하게 말하면서 떡볶이를 입안에 밀어 넣었다.

어째 저 친구는 생각 중인 게 아니라 식사에만 집중하고 있는 것 같은데.

"하… 어렵네……."

뭐?

"아!"

숨 막힐 듯한 정적 속에서 먼저 입을 뗀 것은 최성훈이었다.

녀석은 기억났다는 듯 밝은 얼굴로 손을 들었다.

"사람 개빡치게 하는 거?"

"때릴까?"

그쪽에서도 꽤 재능이 있긴 하지만…….

"그걸 방송에서 어떻게 써먹냐!"

최성훈은 깔깔대며 웃다가 탁자에 그대로 머리를 박았다.

유민하는 쯧, 혀를 차고선 말을 더했다.

"스토리를 찾으라고 했다나 봐. 사실 나도 뭔지는 잘 모르겠는데, 얘도 어려워서 꼬박 일주일을 고민했단 말이야. 방송도 얼마 안 남았고, 어떻게든 생각해 내야 해. 신서진, 너는 뭐 개인기 같은 거 없다 했나?"

"다 보여 줬지만 그건 아니라며."

"다 아닌 것만 보여 줬으니까 아니라고 한 거잖아."

소매치기만은 내 눈에 흙이 들어가도 안 된다며 강렬하게 반대했던 유민하.

그 외에 쓸 만한 것들은 전부 노잼 판정을 받아 방송에선 보여 줄 수 없는 게 되었다.

고요한 정적.

할 말은 잃은 신서진 또한 시무룩한 얼굴로 먹는 데에 집중했다.

그때였다.

젓가락을 깨작거리며 있는 듯 없는 듯 조용히 떡볶이를 먹고 있던 이다영이 입을 뗐다.

"근데 꼭 인위적으로 채워 갈 필요는 없지 않아?"

"응? 이 빈칸 말하는 거야?"

자신이 아는 한, 이다영은 좀처럼 제 의견을 내지 않는 편이었다.

그런 애가 꺼낸 말이어서인지, 모두의 시선이 이다영에게 집중되었다.

"응? 아니, 그냥 내 개인적인 생각인데……."

크흠.

그 시선조차 부담스러운지 이다영은 헛기침을 했다.

하지만, 그렇다고 입을 꾹 다물어 버린 것은 아니었다.

잠시 고민하던 이다영이 흐릿하게 웃으며 말을 덧붙였다.

"신서진은 신서진만의 엉뚱함이 있잖아."

꾸미지 않아도.

만들어 내지 않아도.

"그냥 그걸 보여 주면 되지 않을까?"

이다영은 웃으며 말했다.

＊　　　　＊　　　　＊

토크쇼 전날이 되었다.

첫 공중파 출연에 다들 잔뜩 쫄아 있는 상태.

그나마 이런 쪽에선 꼼꼼한 유민하가 애들을 불러 모았다.

우리가 출연하는 토크쇼 〈리필 앤 리필〉.

동 시간대 시청률 1위의 공중파 프로그램이자, 너튜브도 병행하고 있어 꽤 영향력 있는 편에 속하는 방송이다.

짧은 방영 시간 동안 게스트를 초대해서 게스트의 이야기를 듣는데, 유민하의 조사에 따르면 대본의 비중은 적은 편이라고 했다.

"그러니까 괜히 헛소리해서 너튜브 박제 당하면 안 돼."

유민하는 그동안 방영됐던 〈리필 앤 리필〉의 전 회차를 정주행했는지 노트 한편에 빼곡하게 메모를 해 두었다. 빈틈없는 유민하의 성격이 이럴 때는 도움이 된다.

"보니까 학생들한테는 난처한 질문은 별로 안 하던데, 그래도 방송이라 어떻게 편집되냐가 관건이잖아. 책잡힐 얘기는 꺼내지 않는 게 좋을 거 같아. 강수혁 배우님도 그렇고 안다운님도 그렇고 진행을 세게 하는 편은 아니어서 말려들 일은 없을 거 같아."

"응응."

"근데 걱정되는 게 하나 있어……."

유민하는 난처한 얼굴로 한 명씩 주의를 주기 시작했다.

첫 번째 대상은 서하린이 되었다.

신서진도 신서진이지만, 얘도 참 걱정된단 말야.

"우리야 네 인성 터진 거 이미 알고 있지만, 대중들은 알면 안 되거든."

서하린의 표정이 일그러진다.

"…지금 나 욕하는 거지?"

"알면 됐어."

뭐… 뭐?

유민하의 말에 서하린이 즉각적으로 반응했다.

"아아악! 시발!"

참으로 서하린다운 반응에 유민하는 머리를 짚었다.

"그래, 그런 거 안 된다고. 하……."

"내가 바보도 아니고 카메라 앞에서 절대 안 그래."

역시 믿음직스럽진 못하다.

하지만, 문제가 서하린에게만 있는 것은 아니니까.

유민하는 화제를 돌렸다.

이유승은 패스하고, 두 번째 타깃은 신서진이다.

라디오에서 그렇고, 기자들 앞에서도 그렇고.

어디 내놓기 부끄럽지만 잘난 녀석.

딱 물가에 내놓은 어린애를 보는 심정이라 주의를 줄 수밖에 없다.

지금이야 웃으면서 말할 수 있지만 제이한테 꼰대냐고 들이받던 시절은 얼마나 아찔했는가.

배우 출신이자 대표 MC 중 한 명으로 자리잡고 있는 강수혁.

아이돌 선배인 래퍼 출신의 안다운에게 그렇게 들이받는다면?

유민하는 그런 상황은 가정하고 싶지도 않았다.

그렇기에 선배를 상대로 한 태도를 강조했다.

"특히 너, 절대 이상한 소리하면 안 돼. 꼰대냐니, 뭐니."

"이제 안 그래. 무슨 뜻인지 이해했어."

"응. 차라리 무조건 팬이라고 해."

"팬이라고?"

"아, 선배님 팬입니다. 그렇게만 해도 무난하게 인사는 넘어간다니까? 팬이 뭔 뜻인지 알지?"

"아아, 알지. 좋아한다? 존경한다? 뭐 그런 뜻 아니야?"

팬이라며 기사에 달린 댓글들을 보았다.

신서진도 '팬'이라는 단어의 정의는 대충 눈치로 알고 있었다.

"그래, 그거 맞아. 선배님 만나면 일단 팬이라고 해. 약간 예의상? 하는 말 같은 거야."

"응!"

유민하는 최초의 공중파 나들이에 신서진의 입을 단속하기 위에 애를 썼다. 그런 유민하에게 신서진은 걱정 말라는 듯 허세 섞인 웃음을 터뜨렸다.

"에이, 이번엔 절대 실수 안 한다니까."

언제나 그렇듯.

확신에 찬 저 미소가 자신을 더 겁나게 한다.

*　　　　*　　　　*

토크쇼 당일.

검은 차가 KBC 방송국 앞에서 멈췄다.

오늘은 스튜디오에서 〈리필 앤 리필〉 토크쇼가 진행될 예정이다.

유민하는 벤에서 폴짝 뛰어내려 방송국 입구로 향했다. 잔뜩 들뜬 것은 네 명 모두 마찬가지였다.

방송국은 여러 번 봐도 참 신기하달까.

유민하는 서하린의 옆구리를 찌르면서 물었다.

"나중에 음악방송도 여기서 찍어?"

"응… 나도 잘 모르겠는데. 나도 여기는 처음이야. 신기하다, 저쪽인가?"

"와… 안에 연예인도 많겠지……?"

서울예고에 있었으니 데뷔한 연예인들도 한둘 본 건 아니지만 방송국에서 보는 연예인은 뭔가 다른 법이다. 서하린은 상기된 얼굴로 방송국 안을 두리번거렸다.

오늘은 네 명만 방송국을 찾은 것이 아니다.

더운 날씨에 어울리지 않는 긴 팔을 입고서 뻣뻣하게 서 있는 남자. 그가 어색하게 애들을 챙기면서 길을 안내했다.

"자, 바로 스튜디오로 가자."

"네엡!"

SW 엔터에서 발령 나온 임시 매니저, 고선재.

방송 활동 계약서를 체결했으니 앞으로 외부 스케줄은 그와 함께할 예정이었다.

그는 1년 차 로드 매니저에 불과했지만, 고압적이진 않은 어른

이었고 방송국 사람들에 비해 상당히 친절한 편에 속했다. 고선재는 다크써클이 내려앉은 눈으로 네 사람에게 당부했다.

"너네만 믿는 게 아니라 자주 오진 못해도, 뭔 일 생기면 불러라."

"네네."

나름 경험자처럼 말하지만, 사실 고선재도 1년 차 매니저라는 점에서 방송국이 조금 낯선 축에 속했다.

"아이고, 여긴 또 어디야."

"어? 저건 뭐예요?"

"어느 쪽으로 가야 해요?"

폴짝폴짝.

고선재 매니저를 따라가면서 잔뜩 신나 있는 얼굴들.

저렇게만 보면 완전 고등학생들 같은 모습이다.

그렇게 어린 애들 넷, 로드 매니저 하나.

어설픈 조합으로 방송국을 누비고 있으니 눈에 띌 수밖에 없다.

"음?"

우연찮게 출근 중이던 한 남자가 그 모습을 보고선 가죽 재킷 주머니에 손을 꽂았다.

래퍼 안다운.

7년 차 아이돌 출신 래퍼로, 방송국을 밥 먹듯이 드나든 남자.

사람들이 분주하게 돌아다니는 방송국의 풍경도 그에게는 그저 일상일 뿐이다.

지금은 그 일상에 유난스러워 보이는 어린애들이 끼어들었을 뿐.

"웬 촌놈들이 우르르 방송국에 몰려 왔어? 견학하러 왔나?"

"음, 그런가?"

안다운은 피식 웃으며 매니저에게 말을 뱉었다.

7년 동안 친하게 지냈던 매니저 형은 총총거리면서 걸어가는 고등학생 무리들을 유심히 살펴보았다.

"어?"

그러곤, 바로 알아볼 수 있었다.

어쩐지 익숙하다 했더니.

오늘 〈리필 앤 리필〉에 게스트로 온다던 서울예고의 데뷔 클래스 학생들.

매니저는 고개를 까닥이며 말했다.

"같이 출연하는 애들일걸?"

그 말에 안다운은 놀란 눈으로 되물었다.

"그게 쟤네였어……?"

*　　　　*　　　　*

〈리필 앤 리필〉의 대기실.

래퍼 안다운은 빳빳한 가죽재킷을 만지작거리며 오늘의 대본을 확인하고 있었다. 게스트를 초청해서 질문을 던지는 퀴즈쇼이니만큼, 촬영 직전에 게스트의 프로필을 한 번 정도 확인하는 건 일상이 되었다.

1층에서 우연히 마주쳤을 때는 몰랐는데, 나름 알고 있는 얼굴들도 있었다.

"서하린 얘는 새로 들어온 앤가? 나머지는 너튜브에서 떴었던 애들 아니야?"

안다운의 물음에 매니저는 고개를 끄덕였다.

"아, 무대 봤었어?"

"알고리즘에 뜨길래 본 적 있었을걸? 좀 하긴 하더라고."

예능을 잘할지는 모르겠지만.

방송 카메라는 사실상 처음이라고 하니 적잖이 걱정되는 부분도 있었다.

특히 방송국을 처음 온 것처럼 두리번거리는 아까의 모습을 봐서 더더욱 그랬다. 안다운은 끌끌 혀를 차고선 주머니에 손을 찔러 넣었다.

"살짝 얼타는 거 같던데. 제발 던져 주는 거라도 제대로 받아먹었으면 좋겠다."

"데뷔도 안 한 애들이 원래 풋풋한 맛이 있는거지."

"가끔 파릇파릇하다 못해 너무 덜 익은 애들이 있더라고. 지난주에 왔던 애들 봐. 대답도 못 하고 몇 시간 동안 어… 어… 만 하고 갔잖아. 내가 오디오 빌까 봐 얼마나 노심초사했는지 알아?"

중얼중얼.

자신의 예능 초보 시절은 잊고 주절대던 안다운은 문 밖에서 느껴지는 인기척에 잠시 멈칫했다. 오늘의 게스트로 참석한 네 명의 학생들이 인사차 대기실에 들른 모양이었다.

원래 일반인 게스트가 군이 대기실까지 찾아오진 않지만, 곧 데뷔할 녀석들이라 그런지 여기까지 인사하러 온 것 같았다. 후배의 인사라는데, 받아 줘야 인지상정이지.

자세를 고쳐 앉은 안다운은 고개를 까닥이며 말했다.

"어, 들어오라고 해."

똑똑.

안다운의 말이 끝나마자 네 명의 학생들이 문을 두드리며 들어온다.

누가 봐도 어리버리해 보이는 어린 학생들. 이유승이 엉거주춤한 자세로 먼저 고개를 숙이자, 나머지들도 따라서 인사했다.

"안녕하세요! 서울예고 데뷔 클래스입니다!"

쭈뼛쭈뼛하면서도 한 명씩 제 이름을 읊는다.

들어와서 열심히 눈치를 보는 녀석들. 그래도 나름 빠릿하니 대답은 잘할 것 같은데. 안다운은 슬쩍 네 명을 훑어보고선 퉁명스레 말을 뱉었다.

"몇 살이야?"

"열여덟 살이요!"

"으음, 걱정되네."

서하린이 두 눈을 반짝이며 안다운의 말에 답했지만, 정작 그는 심드렁한 얼굴로 제 턱을 매만지고 있을 뿐이었다. 어린 학생들이 토크쇼에서 말 한마디 못 하고 간 경우가 하도 많아서 그렇다. 더군다나 카메라 마사지를 안 받아 본 일반인들이라면 더 그랬다.

질문은 아직 끝나지 않았다.

떠보기 위함인지, 안다운은 건조한 목소리로 말을 이었다. 매니저에게 들은 사전 정보가 있었기 때문이었다.

"라디오에 출연했던 적 있다고 했지?"

"네. 아, 저희 셋은 출연했었어요."

라디오…… 라디오라…….

별생각 없이 그 화제를 꺼냈던 안다운은 미간을 찌푸렸다.

뭔가 익숙한데.

너튜브 나왔던 애들이… 라디오에서 무슨 말을 했었더라.

"아… 아아!"

기억났다.

잠시 관자놀이를 꾹꾹 누르던 안다운은 가운데에 선 신서진을 보고선 짝, 손뼉을 쳤다.

"맞다! 너였지?"

"네?"

"그… 족같다고 한 애 있잖아. 혜원이가 에이틴에 신기한 애가 출연했다고 하던데. 그거 너 맞지?"

하필 왜 첫인상을 그렇게…….

뒤에 선 유민하와 이유승의 얼굴이 실시간으로 굳어 가고 있는 것도 모르고, 안다운은 반갑다는 듯 신서진을 보며 껄껄 웃었다.

"이렇게 보니까 알겠다. 그 신기한 애!"

"저는 신기한이 아니라 신서진…….'

쿡쿡.

옆에 서 있던 유민하가 신서진의 옆구리를 찌르며 고개를 저었다.

"이야, 여기서 다시 보네?"

그 모습을 보지 못한 안다운은 뜻밖의 우연에 감탄하고 있을 뿐이었다.

해와 달의 라디오 DJ를 맡고 있는 최혜원과 친분이 있던 안다운이었다.

무대를 봤을 때도 어디선가 많이 봤던 얼굴인가 싶었는데, 그때 폭탄 발언을 했던 그 녀석이다.

아까부터 조용히 서 있기만 하더니, 생긴 거랑 다르게 재밌는 친구 같은데.

안다운은 신서진에게 관심을 보이며 적극적으로 물었다. 명찰을 스윽 보고선 신서진의 이름을 불렀다.

"신서진, 그래. 그 뒤로 데뷔 클래스 들어갔나 보네?"

"네, 그렇습니다."

"데뷔 클래스면… 어디 소속이야? 서울예고니까 졸업 전에 SW 엔터 쪽으로 들어가려나?"

"네?"

"앞으로 어느 쪽으로 나갈 생각이야? 가수? 아이돌? 아니면 방송 쪽?"

궁금한 게 뭐가 그리도 많은 건지, 안다운은 속사포처럼 질문들을 쏟아 냈다. 그중에는 신서진이 이해할 수 없는 얘기들도 많았다.

"어……"

하지만, 대답과 인사.

이 두 가지를 유민하가 입술이 마르도록 강조해 왔기에 신서진은 잘 모르는 말에도 나름 충실히 대답했다.

"네."

"네, 맞습니다."

"맞아요."

그저 맞장구만 쳤을 뿐인데…….

오히려 그 대답에 만족한 안다운은 더 흥이 오른 목소리로 질문을 이어 갔다.

그렇게 순식간에 십여 분이 흘렀다.

"아."

안다운은 너무 제 얘기만 했다 싶었는지 두 눈을 동그랗게 뜨고 물었다.

"아, 근데 너 나 아냐?"

"……."

강수혁이 밀어 주는 아이돌. 요새 안다운의 인지도라면 사실이 바닥에서는 모르는 사람이 없어야 했다. 그렇기에 별생각 없이 지나가는 질문이었던 안다운은 뜻밖의 정적에 미간을 찌푸렸다.

"아……. 나를 모르나?"

뒤에서 유민하의 눈짓이 느껴진다.

까마득한 선배가 저렇게까지 관심을 보였는데, 여기서 모른다고 답하면 찬물 확 끼얹는 것밖에 안 된다.

연예계를 깔짝거리며 눈칫밥을 먹은 것은 신서진도 마찬가지다.

유민하가 강조했던 말이 머릿속을 맴돌았다.

'차라리 무조건 팬이라고 해.'

'아, 선배님 팬입니다. 그렇게만 해도 무난하게 인사는 넘어간다니까?'

이제 나름 주워들은 게 있으니 실수는 하지 않는다.

신서진은 공기가 싸해지기 전에 선수를 쳤다.

"팬입니다."

"와아… 진짜로? 이야, 너 내 팬이었어?"

예상대로 급격히 밝아지는 안다운의 표정.

유민하는 주먹을 꽉 움켜쥔 채 안도했다. 꽤 마음에 든 녀석이 팬이라 해 주니, 다시 열기가 오른 모양. 안다운은 아까보다도 더 들뜬 목소리로 말을 쏟아 냈다.

"언제부터 팬이었는데?"

"데뷔하셨을 때요."

"와, 진짜? 그때는 인지도도 없었는데. 나, 아이돌 출신이었던 거 알지?"

"네, 알아요."

시원시원하게 나오는 대답.

하지만, 그게 먹히는 것도 잠시뿐이다.

"내 음악 들었어? 아, 방송 보고 팬 된 건가?"

"……."

"무슨 음악 좋아하는데?"

이건 모르겠는데.

일단 대답하자.

신서진은 두 눈을 반짝이며 고개를 끄덕였다.

"팬입니다."

"응? 무슨 음악 좋아하냐고."

"팬이에요!"

"…어?"

"진짜로 팬입니다."

자신을 바라보며 두 눈을 반짝이고 있는 녀석.

저 또렷한 신인의 눈빛. 당찬 태도와 확실한 대답.

그래…….

다 좋은데…….

이놈 아무것도 모르는 거 같은데?

안다운은 고개를 갸웃거리며 되물었다.

"어… 팬 맞아?"

"그럼요. 팬인데요."

주입식 교육의 한계를 여실히 보여 주는 해맑은 대답.

뭔가 잘못되었음을 느낀 유민하가 웃으면서 신서진을 잡아당
겼다.

"이 친구가 낯을 가리는데, 팬이어서 떨리나 봐요."

"네, 맞습니다! 하아… 하……. 떨립니다."

뭐, 뭐 하는 애지?

안다운은 머리를 긁적이며 재차 물었다.

"무슨 방송 봤는데?"

"리필 앤 리필……?"

"그래서 노래는?"

"팬입니다!"

"얀마, 너 내가 어느 그룹 나왔는지는 알어?"

"그게 팬······."

질질.

결국 90도 인사와 함께 유민하한테 끌려 나가는 신서진.

"이, 이따 잘 부탁드리겠습니다!"

쾅.

아련한 뒷모습과 함께 문이 닫히자마자, 안다운은 헛웃음을 터뜨리며 매니저를 돌아보았다.

하··· 하하······.

"···골 때리네."

"그러게."

매니저 역시 얼이 빠진 얼굴은 그대로였다. 혈기 왕성한 고등학생들이라 그런지, 대기실의 진을 완전 빼 놓고 갔다.

아니, 그걸 떠나서.

"쟤들 뭐냐, 재밌는데?"

일단 방송감이라는 점에서······.

안다운의 마음을 완전히 뺏어 가 버렸다.

*　　　*　　　*

카메라 ON.

빨간 불빛이 들어옴과 동시에, 강수혁과 안다운이 함성을 터뜨린다.

"와아아아!"

늘 힘찬 목소리로 스타트를 끊는 강수혁 대신, 오늘은 안다운이 오프닝 멘트를 담당하는 날이었다. 안다운은 대본을 손에 움켜쥔 채 주어진 멘트를 뱉었다.

"일주일이 지나 또 돌아왔습니다!"

"국적, 나이, 성별, 직업! 그 무엇도 제한이 없는! 무제한 글로벌 토크쇼, 리필 앤 리필!"

안다운은 측면을 손으로 가리키며 힘차게 말했다.

"네, 오늘 쟁쟁한 유망주들이 또 자리해 주셨습니다."

"어어, 어서 이쪽으로 들어오시죠."

강수혁이 너털웃음을 터뜨리며 손짓하자, 네 사람이 고개를 숙이고 들어와 의자에 앉았다.

"아이고, 먼 길을 오셨네."

"아우, 떨지 말아요."

뒤에 패널들이 따로 있는 건 아니지만, 사방에 깔린 카메라와 스태프들이 목이 빠져라 이쪽을 응시하고 있다. 라디오와는 체감이 다른 위압감이 스튜디오를 짓누른다.

이건 지상파 동 시간대 시청률 1위의 토크쇼.

어린애들이 긴장하지 않았다면 거짓말이겠지만 티가 나지 않으면 그만이다.

아, 긴장하지 않은 사람이 하나 있긴 하구나.

안다운은 멀뚱히 카메라를 바라보고 있는 신서진을 힐끗 돌아보았다.

안다운은 오프닝의 텐션 그대로 다음 멘트를 받아 이어 갔다.

"자, 오늘은 서울예고 학생들과 Q&A 시간을 가져 보려 하는데요! 친구들. 자기소개, 한 번 하고 갈까요?"

"네, 안녕하세요!"

"서울예고 재학 중인 유민하라고 합니다!"

"신서진입니다."

"서하린, 이유승입니다!"

차례로 한 명씩 자기소개를 마치자, 안다운은 몸을 돌려 강수혁을 바라보았다.

"아, 사실 저희가 학생들 인터뷰를 여러 번 해 봤었거든요."

일반인까지 두루두루 초대하는 토크쇼기에, 게스트의 폭도 넓다. 강수혁은 다양한 출연자들을 다뤄 본 경험대로 이런 토크에 익숙했다. 강수혁은 부드럽게 웃으며 네 사람을 돌아보았다.

"그렇죠. 수능 만점자도 다녀 갔어요! 노래 잘 부르는 친구들도 꽤 나왔고. 자, 이제 서울예고를 대표해서 나왔잖아요. 우리학교 학생들이, 그동안 나왔던 친구들보다 이건 확실히 자신 있다! 뭐 이런 거 있어요?"

"에이, 이 친구들이 수능 만점을 받을 수도 있는 거니까."

"아, 네. 뭐, 이런 거. 말 같지도 않은 소리여도 편하게 자랑해도 돼요."

느닷없이 튀어나온 수능 만점에 유민하는 피식 웃음을 터뜨렸다.

"아, 저희 학교가 다른 예고들보다 확실히 공부도 잘하긴 하는데."

"수능 만점 자신 있나요?"

"…수능 만점이 뭐지?"

갑자기 훅 들어오는 신서진.

중얼거리는 목소리는 마이크에 제대로 잡히지는 않았다.

"그거 하면 데뷔할 수 있나요?"

이건 마이크에 잡혔다.

"…음?"

"이 친구가 원래 농담을 이렇게 하는 편이에요. 하하… 하하하."

비켜, 이 자식아.

유민하는 웃으면서 다급히 화제를 돌렸다.

"저희가 농담도 잘하지만 진짜 잘하는 건 따로 있습니다! 저희는 매력과 열정이 넘치는 친구들이거든요!"

똘망똘망한 눈망울로 제법 질문에 답도 잘한다. 안다운은 고개를 끄덕이며 유민하에게 마이크를 넘겼다.

"오오. 매력과 열정! 그러면 그 열정으로 보여 줄 수 있는 거 있어요?"

"아이, 참. 당연히 준비했습니다."

"이야, 역시 미래의 스타님들이라서 준비가 철저하시네. 그렇죠?"

안다운은 분위기를 띄우면서 유민하에게 말했다.

"그러면 준비해 온 거 한 분씩 볼까요?"

"저부터 해도 될까요!"

그렇게 첫 타자로 나선 유민하가 떨리는 손으로 마이크를 쥐었다.

내색하지 않을 뿐, 스튜디오를 가득 메운 카메라에 긴장한 것은 유민하도 마찬가지다.

하지만, 그 결과물은 결코 긴장한 사람의 것이 아니어서. 오랜 시간 동안 여러 부류의 가수를 봐 온 안다운도 놀랄 정도였다.

딱 한 소절.

짧게 노래를 보여 줬을 뿐이다.

노래가 끝나자마자 유민하는 소심하게 박수를 쳤다.

"네, 이렇게 제 특기인 노래를 불러 봤습니다……!"

평소의 유민하답지 않게 수줍게 고개를 떨군다. 강수혁과 안다운은 격렬한 환호를 보내며 박수를 쳤다.

"와아아아!"

"이야, 잘하는데요? 괜히 데뷔 클래스가 아니네!"

어린 애들을 상대로 하는 터라, 다른 방송보다 리액션이 후하다.

카메라는 와중에도 실시간으로 리액션을 따내는 중이었다.

한 사람씩 개인기를 봐야 하니 카메라가 빠르게 돌아간다.

그다음은 이유승의 차례. 그가 보여 줄 것은 예상대로 프리스타일 댄스였다.

서울예고의 대표 댄서라는 말이 무색하지 않게, 이유승은 적당히 템포 빠른 노래를 틀어 주자마자 앞으로 튀어 나갔다. 리드미컬하게 박자를 쪼개면서 능숙하게 관절을 꺾는다.

춤 잘 추는 애들이야 많이 나왔지만 그중에서도 가히 상위권이라 볼 수 있는 실력이다.

이쪽도 개인기는 대성공이었다.

"와…… 대박인데?"

강수혁은 말뿐인 리액션이 아니라 진심 어린 탄성을 내뱉었고, 춤을 어느 정도 볼 줄 아는 아이돌 출신의 안다운은 제법 놀란 얼굴이었다.

중간중간 감초처럼 끼어들어 끼를 발산하는 천상 아이돌 스타일의 서하린도 초반부터 제 분량을 톡톡히 챙겼다.

"감사함미다!"

저런.

"…보기 힘들다."

정작 같은 학교 학생들은 보기 힘들어하는 눈치였다.

어찌 되었건 그렇게 차례가 돌고, 돌아서…….

마침내 신서진에게 마이크가 돌아왔다.

"신서진 학생은 뭐 준비했어요?"

대기실에서부터 그에게 호감을 가지고 있었던 안다운이 궁금한 기색으로 묻자, 다른 녀석들의 얼굴이 굳어졌다.

방송 전까지 신서진의 개인기를 찾아주겠다고 난리를 쳤지만, 그간의 모든 과정을 봐 왔다면 걱정이 될 수밖에 없다.

'소매치기는 하지 마라.'

'제대로 된 거 준비했지?'

무언의 압박이 사방에서 쏟아지는 상황.

신서진은 주머니에서 주섬주섬 준비해 둔 물건을 꺼냈다.

"네, 준비해 봤는데요."

대체 저놈이 뭘 들고 왔을까.

모두의 시선이 집중되고 있던 순간…….

좌라라락.

경쾌한 소리와 함께 신서진이 꺼내 든 것은 트럼프 카드였다.

신서진은 자신 넘치게 말을 뱉었다.

"카드 마술을 준비했습니다."

정확히는 카드가 사라지는 마술.

아, 참고로.

어떻게 하는지 잘 모르겠어서…….

"카드를 없애 보겠습니다."

진짜 카드를 없앨 생각이었다.

*　　　　*　　　　*

게스트의 카드 마술. 솔직히 말해서 그리 특별한 개인기는 아
니다.

리필 앤 리필에서는 아예 유명 마술사를 단독 게스트로 부른
적도 있었으니까.

하지만, 리액션을 할 준비는 마쳤다.

조금 허접해도 편집으로 살리면 되고, 많이 허접하면 웃음으
로 살리면 된다.

어느 쪽이든 크게 상관이 없었기에, 신서진의 마술을 기다리
는데…….

신서진이 카드 한 장을 꺼내어 카메라에 비추었다.

"여기 스페이드 A 카드가 있는데요. 제가 지금부터 이 카드
를 없애 보도록 하겠습니다."

"순식간에 싹 사라지고 그런 건가요?"

"네, 그렇습니다."

어디서 본 건 많은데 연습은 쉬는 시간에 깔짝 한 것이 전부인 듯한 다소 어색한 몸짓. 신서진은 자신감 있게 뱉은 말과는 다르게 뻣뻣하게 카드를 섞었다. 그러곤, 카드 더미를 안다운에게 내밀며 말했다.

"한 장 골라 주세요."

"제가 고르면 스페이드 A가 나오는 건가요?"

"네."

어디서 많이 본 마술이긴 한데.

안다운은 고개를 끄덕이며 아무 카드나 손가락으로 가리켰다.

삐걱거리는 손놀림을 봐서는 이것도 실패할 것 같긴 하다만, 일단은 차분히 기다려 준다.

그런데.

"오!"

"뭐야, 어떻게 한 거야?"

휙.

신서진이 들어 보인 카드는 스페이드 A.

눈이 빠져라 봐도 트릭 하나 발견하지 못했던 안다운은 두 눈을 동그랗게 뜬 채 탄성을 터뜨렸다.

하지만, 진짜 놀랄 일은 여기서 끝이 아니었다.

신서진은 팔랑거리며 얇은 카드 한 장을 안다운의 코앞에서 흔들어 주었다.

"이거 빤히 보고 계세요."

슬쩍 들어서 뒤로 숨기려나?

아니면 뭐라도 붙어 있나?

두 눈을 열심히 굴리며 트릭을 찾아보려 애쓰던 순간.

흔들흔들—.

팟!

"…어?"

안다운의 눈앞에서 카드가 사라졌다.

"뭐, 뭐야? 어떻게 한 거예요?"

분명 뚫어져라 보고 있었는데 예고도 없이 카드가 사라졌다.

기껏해야 아마추어 마술사 수준의 카드 마술을 생각하고 있었던 안다운은 경악하며 탄성을 내질렀고, 바로 옆에서 그걸 보고 있던 강수혁도 마찬가지였다.

"뭐야, 사라졌네?"

반대편 손에서 카드가 튀어나오려나.

원래 이런 건 카드를 없앤 다음에 어디로 숨겼는지 보여 주는 법이다.

놀란 눈으로 신서진의 손짓을 따라가던 강수혁은 다급히 물었다.

"어디로 갔어요?"

"…네?"

수준급의 마술을 선보였다기엔 지나치게 태연한 표정. 신서진은 고개를 갸웃거리며 어깨를 으쓱였다.

"없어졌는데요."

"아니, 어디 숨겼을 거 아니에요."

"…카드 실종 마술이에요."

안다운은 신서진의 알 수 없는 말에 두 눈을 끔뻑였다.

"사라진 건 돌아오지 않아요."

"숨긴 거 어디 갔어요?"

"숨긴 게 아니라 사라진 거예요!"

뭐라는 걸까.

잘 이해가 되지 않아서 추가 설명을 부탁하는 안다운이다.

"원리, 설명해 줄 수는 없어요?"

"어……."

원리를 설명하래도 설명을 할 수가 없다.

그냥 단순히 카드를 공중에서 태워 버렸을 뿐인 신서진은 당황한 듯 고개를 저었다.

"그런 건… 좀… 힘들어요."

"아, 힘들어요?"

"네."

더없이 순수해 보이는 얼굴에 강수혁은 피식 웃음을 터뜨렸다.

마술은 저 재능을 왜 썩히고 싶나 싶을 정도로 신기하게 하긴 하는데, 방송은 아직 낯선 티가 났다.

오히려 그 낯선 매력이 만들어 내는 귀여움이 있다고 해야 하나.

그냥 얼타는 애들과는 다른 무언가가 있었다.

"아이고, 귀엽네요."

잘 갈고닦기만 하면 이쪽으로 나가도 될 녀석이다.

그렇게 판단한 강수혁은 너털웃음을 터뜨리며 대본을 확인했다.

"네, 서을예고 학생들의 훌륭한 개인기 잘 보았습니다! 자, 그럼 이 기세를 몰아서 질문을 더 이어 가 볼까요? 자신 있어요?"

"네에에!"

그다음 코너로 넘어갈 차례다.

본격적인 Q&A 파트. 리필 앤 리필의 생명과도 같은 코너.

'키워드로 물어봐' 시간이었다.

강수혁은 차분한 목소리로 코너를 설명했고, 안다운은 자리에 앉은 이유승에게 네 장의 종이 카드를 건넸다. 제작진이 미리 준비해 둔 카드. 카드에 적혀 있는 주제를 바탕으로 자유 질문을 받는 코너.

안다운은 고개를 까닥이며 옆에 앉은 신서진에게 말했다.

"자, 확인해 봐요."

주섬주섬.

신서진이 종이 봉투에 들어 있는 주제 카드를 꺼내었다.

"방금 마술 잘 봤으니까, 학생부터 시작해 볼까요?"

"네, 알겠습니다!"

"주제 카드 들어 주세요!"

제대로 확인하기도 전에 카메라를 향해 카드를 비추는 신서진.

그 카드를 확인한 순간, 그 전까지 확 달아올라 있었던 촬영장이 싸하게 가라앉았다.

[가족]

그게 신서진의 제시어였다.

신서진의 사정을 알고 있는 서을예고 데뷔 클래스 멤버들의 표정이 싸늘하게 굳었다. 유민하는 차마 표정 관리를 하지 못하고 얼어붙었다.

'다 알고 물어보는 거 아니야?'

미리 제작진이 넣어 뒀을 제시어.

하필 '가족'이라는 키워드를 신서진에게 줬다는 건 사실 너무 노골적이지 않나.

그 싸한 분위기를 뒤늦게 감지한 것은 안다운도 마찬가지였다.

너튜브에서 몇 번 봤을 것이 전부인 신서진의 가정사를 잘 알지는 못했다.

하지만, 밑에 적혀 있는 대본의 내용만 봐도 돌아가는 상황은 알 수 있었다.

'가족이… 없는 것 같은데?'

신서진의 자극적인 사연을 들춰내고 홀로 꿋꿋이 성장 중인 신서진의 서사를 강조하는 것. 애초에 그리 초점이 맞춰져 있는 대본이었다.

강수혁은 대본을 슬쩍 보고선 신서진을 향해 물었다.

"아, 가족 관계가 어떻게 되나요?"

"……."

유민하는 침을 삼키고, 안다운은 난처한 기색으로 신서진을 돌아본다.

카메라 앞에서 불편한 기색을 비출 수는 없을 테니, 솔직하게 말할 수밖에 없는 상황이다.

이건 아니다.

안다운은 그렇게 판단하고선 슬쩍 손을 들어 인터뷰를 막으려 했다.

그 순간이었다.

신서진이 골똘히 고민하듯 두 눈을 굴리더니 말을 뱉었다.

"아……. 좀 복잡한데요."

전례 없는 콩가루 집안.

이걸 어디서부터 설명해야 하나…….

신서진, 아니, 헤르메스의 고민이 깊어졌다.

Chapter. 3

가족관계?

일단 아버지가 있고, 어머니가 있으며.

친어머니는 아닌… 헤라 여신이 있고.

친형은 아니나 친형 같은 무수한 형제들에…….

아니, 그 전에.

제우스 신의 자식이 몇 명이더라…….

음.

하나, 둘, 셋…….

아니, 이렇게 세면 반나절 안에 다 못 셀 것 같은데.

사실 이름도 전부 기억나진 않는다.

내가 모르고 있는 자식까지 합하면…….

…그만 알아보자.

이 콩가루 같은 집안을 어찌 설명하지?

신서진은 미간을 찌푸린 채 진지하게 고민했다.

아무래도 이쪽의 가족관계는 복잡하기 이를 데 없으니, 이 몸의 가족관계를 설명하는 쪽이 빠르겠다.

근데, 혈혈단신인 몸뚱아리를 고르는 바람에…….

가족관계가 없을 텐데.

어쩌지?

턱을 쓸어내리는 신서진의 표정이 점점 어두워진다.

방송은 대답이 생명이라며, 잘 몰라도 오디오가 비면 안 된다던 유민하의 말이 떠올렸다. 대충 뭐라도 읊으려던 순간, 안다운이 먼저 입을 열었다.

"잠깐만요!"

"네?"

안다운은 어색하게 웃으며 고개를 까닥였다.

유민하를 향한 눈짓이었다.

"옆의 친구는 제시어가 뭐가 나왔어요?"

"저……. 어린 시절이요."

"어우, 그러면 둘이 제시어 한번 바꿔 볼까요? 신서진 학생의 어린 시절이 궁금하네. 그렇죠?"

"네… 네!"

유민하는 밝아진 얼굴로 신서진에게 냅다 제시어를 쥐여 주었고, 신서진은 영문도 모르는 표정으로 그것을 받아 들었다.

사실 신서진은 어느 쪽의 가족관계를 말해도 그리 개의치 않았다. 그렇기에 안다운이 임기응변을 발휘해서 제 주제를 바꿔

주었다는 사실을 눈치채지 못했다.

신서진은 새로 바뀐 제시어를 내려다보며 안다운이 시키는 대로 입을 열려 했다.

그런데 어째 옆이 따가운 것이 누군가가 지켜보고 있는 듯하다.

자신을 돌아보는, 뭔가……. 뭔가 아련하면서도 듬직한 눈빛.

안다운은 자신을 그런 시선으로 빤히 보고 있었다.

'뭔가 기분 나빠.'

자신을 바라보던 안다운이 이제는 안도하듯 미소를 지어 보인다.

신서진은 저도 모르게 반사적으로 두 눈을 끔뻑였다.

'저 인간이 왜 저러지?'

역시 연예계 사람들이란 무섭다.

잘하고 있나 지켜보면서 저리도 압박을 넣고 있을 줄이야.

신서진은 부담스럽다는 듯 안다운의 시선을 피하며 마이크를 잡았다.

"네. 제 어린 시절은 말이죠……."

아직은 촬영이 한창이었기 때문이었다.

*　　　　*　　　　*

'리필 앤 리필' 촬영을 마친 후, 안다운은 다급히 신서진을 찾았다.

"얘, 어디 갔어?"

방송국 놈들의 제시어 장난으로 중간에 고비가 살짝 있었지만, 전체적인 촬영 분위기는 너무 좋았다.

　첫 지상파 출연이라는 게 믿기지 않을 정도로 대본을 받아치는 능력도 탁월했고, 개인기도 절대 빼는 법 없이 딱 신인의 정석다운 촬영을 보여 주고 갔다.

　물론 겨우 그게 전부였다면 이렇게 찾고 있지는 않았을 것이다.

　애가 참 솔직하면서도 순수하고 묘한 매력이 있는 것이… 나중에 예능으로도 크게 성공할 것 같단 말이지.

　만난 지 겨우 몇 시간밖에 되질 않았으나, 이미 신서진의 성격에 흠뻑 빠져 버린 안다운은 촬영이 끝나자마자 눈도장을 찍을 생각이었다.

　다행히도 신서진을 찾는 데에는 그리 오래 걸리지 않았다.

　촬영이 끝나고 나서도 인사를 하겠다며 돌아온 녀석들 덕분이었다.

　그중 가장 오른편에서 서서 쭈뼛거리고 있는 것이 신서진이었다.

　"오늘 정말 감사했습니다! 진행 잘하신다고 소문이 자자하게 나서서 편한 마음으로 왔는데, 역시 너무 잘해 주셔서 긴장이 덜 됐습니다."

　이유승이 고개를 숙이며 입에 발린 말을 하고 있는 와중에도 안다운의 시선은 신서진에게 고정되어 있었다. 그것을 눈치챈 유민하가 신서진의 옆구리를 쿡쿡 찌르며 웃었다.

　"너도 인사드려."

오늘 하마터면 분위기가 싸해질 뻔했던 것을 안다운이 살렸다.

그 고마움을 알고 있는 유민하의 배려였으나, 신서진은 시키는 대로 하면서도 안다운의 눈치를 살피는 중이었다.

"어우, 신서진이지? 노래 잘 부르던데? 보컬 전공으로 들어왔나 봐?"

"…아, 그건 아니고……."

"춤인가? 춤도 잘 추더라. 어렸을 때부터 동네에서 아주 날고 기었을 것 같은데? 뭐야, 춤 전공도 아니야?"

"딱히 잘하는 건 없어서 추가 합격으로 들어왔어요."

"야, 그런 말 하는 거 아니야."

"…인원 비어서 붙은 거 아닌가?"

신서진은 머리를 긁적이며 제 몸에 대한 빠른 평가를 내렸고, 잠시 당황하던 안다운은 다시 칭찬을 이어 갔다.

"어, 지금 잘하면 된 거지. 아우, 목소리도 매력적이고 타고났네. 래퍼 할 생각은 없어?"

"관심… 있습니다."

"그래? 애가 뭘 좀 아네. 넌 뭐라도 되겠다, 야."

무한히 반복되는 칭찬의 굴레.

그 속에서 신서진은 열심히 두 눈을 굴렸다.

'역시 여전히 부담스러워.'

'애가 낯을 가리네.'

안다운은 너털웃음과 함께 신서진과 손을 맞잡았다.

금방이라도 도망갈 듯한 포켓돌의 떨리는 눈꺼풀을 보아하니 소문이 확실히 사실인 듯했다.

'카메라 켜졌을 때만 말 잘하면 되지.'

단체 라이브로 노래를 부르고 간 실력파. 거기에 더해 타고난 센스까지.

이미 네 학생들에게 콩깍지가 씌인 안다운은 그마저도 순수함이라 생각하며 웃었다.

하늘 같은 선배 앞에서 잔뜩 긴장한 것이겠지.

괜히 더 붙잡고 있다가는 꼰대 취급을 받을 듯하여 슬슬 보내 줘야겠다.

"그래, 다음에 또 만나자. 리필 앤 리필 한 번 더 나와라."

"네, 감사합니다!"

"그때도 잘 부탁드릴게요!"

우르르르.

어린애들이라 그런 건지 인사할 때도, 돌아 나갈 때도. 단체로 우당탕탕 걸어 나간다.

안다운은 그 뒷모습을 보면서도 한참 동안 흐뭇한 미소를 지었다.

그때, 그 모습을 빤히 지켜보고 있던 매니저가 옆으로 튀어나왔다.

섬세함과는 한참 거리가 먼 안다운의 배려와 따뜻한 조언을 옆에서 직관하는 날이 올 줄이야.

의아해 죽겠다는 눈빛이 이쪽을 향하자, 안다운은 피식 웃으며 말했다.

"애가 낯을 가리잖아. 방송에서는 그렇게 날아다니더니."

"…낯을 가리는 건가?"

그냥 불편해하는 것 같긴 했다.

매니저는 그렇게 생각하면서도 입을 꾹 닫고 있었다. 어찌 되었건, 오늘 안다운이 전에 없던 배려를 후배들에게 해 준 것은 맞으니까.

똑바로 대답 못 한다 싶으면 은근히 꼽을 줬으면 줬지, 저렇게 흐뭇하게 바라보고 있을 성격은 아니란 의미였다.

전례 없는 안다운의 반응에 궁금해진 매니저는 은근슬쩍 물었다.

"근데 신서진, 저 친구 네가 봤을 땐 데뷔할 것 같아?"

"데뷔?"

안다운은 매니저의 물음에 미간을 찌푸렸다.

"데뷔가 문제가 아니지."

어차피 방송 출연까지 시켜 줄 정도면 SW 엔터에서도 나름 유망주로 밀어주는 애들일 것이고, 특별히 마음이 바뀌지만 않는다면 데뷔는 문제 없으리라 생각했다.

안다운은 오히려 그 너머를 생각했다.

하는 짓은 은근히 맹해 보여도 음악이 흘러나오자마자 180도로 변하는 눈빛을 봤다. 즉석에서 들려 준 네 명의 화음은 이미 데뷔한 가수 뺨치는 수준이었다.

후보정을 세게 먹여 놓고 실력파인 것처럼 주장하는 놈들이 그렇게도 많은데, 단언컨대 저 실력이면 어디 가서 밀릴 수준은 아닐 것이다.

오랜만에 제대로 된 가수를 만났고, 끼가 넘치는 후배들을 보왔다.

"단체로 노래 부르는 거 봤지?"

단순히 애가 매력적이라서 하는 말뿐은 아니다.

끌리는 성격과 동시에 실력까지 갖춘 녀석들이라 그러했다.

"딱 봐도 난놈이야."

연예계에 벌써 몇 년을 있는 동안 사람 보는 눈 하나는 키웠다고 자부하는 안다운이 자신 있게 덧붙였다.

"쟤네는 될 거야."

＊　　　　＊　　　　＊

'리필 앤 리필' 방송 후, 각종 SNS에는 촬영분 클립이 돌아다니기 시작했다. 서울예고 데뷔 클래스로서는 첫 출연, 거기에 더해 이전 너튜브 영상들이 주목받으면서 상당한 화제를 모았다.

―하늘 바다 라이브 영상 미쳤던데?

└서울예고에서 진짜 실력파로 키우는 듯

└이번에는 진짜 데뷔시키는 건가? 여기저기 방송 출연만 시키고 수납하려는 거 아니지? 에스떱 믿는다 ㅠㅠ

└얘네는 화제력 미쳐서 데뷔시킬 듯?

―벌써 50만 뷰 찍었네……. 얘들아 내가 백만 번 더 볼게 ㅠㅠ

└개인기 한 명씩 보여 주는 것도 미쳤음

└서하린 너무 귀여워 ㅠㅠㅠㅠ 진짜 말랑순두부처럼 생겼어 성격조차 말랑할 듯

ㄴ이유승 재는 춤 선부터 강 타고난 애임. 동작 하나하나에 강약 조절 도랐음 ㅋㅋㅋ 어려서부터 춤 배운 티가 남 서울예고 춤수석 할 만해

─신서진이랑 유민하 보컬 합 제발 들어 주세요 극락 좌표 2:03임

ㄴ와 화음을 어케 이렇게 쌓지?

ㄴ이게 찐 가수지

ㄴ오랜만에 케이팝을 씹어 먹을 실력파가 나왔다 ㄷㄷ 데뷔하자 얘들아

ㄴ일반인이라고는 믿기지 않는 짬빠 카메라 보는 눈빛이 남달라

ㄴ케이팝의 미래가 밝다

─서진이 말하는 거 너무 덕몰이 상이야……. 천년 아이돌이니까 데뷔시켜 줘라

ㄴ사라진 건 돌아오지 않아요 ㅋㅋㅋ 왜케 귀여움ㅋㅋㅋㅋ

ㄴ원리 알려 달라니까 그건 좀 힘들다잖아 ㅠㅠ 그건 안 외웠나 봐 ㅠㅠ

ㄴ근데 서진이 카드 마술은 대체 뭐임?? 세 번을 돌려 봐도 트릭을 모르겠어 나 나름 마술 배웠던 사람인데 엄청 고급 마술이었나?

ㄴ몰라 귀여우면 된 거야

ㄴ얘도 가만 보면 만능캐임 비주얼 되고 목소리도 좋은데 와중에 춤도 안 뚝딱거려

ㄴ신이 밸런스 패치 잘못한 듯

ㄴ그저 갓서진…….

댓글을 다 보고 나면 새로운 영상이 올라오고, 그 영상에 달린 댓글을 하나씩 정독하는 것으로 일과가 끝이 나는 셈.

신서진은 빠르게 차오르는 카두케우스의 빛가루를 보면서 흐뭇해했다.

그때, 신서진의 옆에 앉아 있던 최성훈이 그의 옆구리를 쿡쿡 찔렀다.

"야, 너 이거 봤어?"

이번 '리필 앤 리필' 촬영본을 전부 챙겨 본 것은 물론이고, 각종 커뮤니티의 반응까지 꼬박꼬박 서치 중인 최성훈이 신기한 걸 발견해 냈다.

"이거 봐, 완전 신기해!"

톡톡 오픈 채팅방에 있는 '고독한 신서진 방'이란다.

SNS에는 취약한 신서진이 그게 뭐냐는 듯한 눈빛으로 돌아보자, 최성훈은 흥분한 목소리로 말했다.

"너 팬들이 모여 있는 채팅방 같은데? 이야, 이런 것도 생기고 너 진짜 연예인 된 거 아니냐. 봐봐, 삼백 명이나 있네. 와…….
생긴 지도 얼마 안 됐는데? 어, 쌤!"

마침 수업을 준비하러 들어온 주영준 선생도 붙들렀다.

"서진이 팬 톡방 생겼대요! 보실래요? 삼백 명이에요, 삼백 명!"

"벌써 그런 것도 생겨?"

"얘 인기 많다니까요. 야, 한번 들어가 봐. 인사하면 팬들도 좋아할걸? 쌤 괜찮아요?"

"문제 될 얘기만 하지 마라."

정식 연습생도 아닌데 헛소리만 하지 않으면 된다는 주영준 선생의 허락 아닌 허락이 떨어지자, 최성훈은 신서진에게 휴대전화를 건네면서 두 눈을 반짝였다.

남의 일에도 제 일처럼 흥분하는 녀석이 팬 톡방이 생겼다니 괜히 관심이 가는 모양이다. 신서진은 머리를 긁적이며 잠시 고민했다.

"인사만 하고 나와. 어차피 이런 건 딱 인사만 슬쩍 하고 나오는 거야. 그게 간지지, 팬 서비스고."

"유민하, 어떻게 생각해?"

아무래도 덜 믿음직스러운 최성훈은 떨쳐 두고 유민하에게 조언을 구하는 신서진이다. 뭔 일이건 일단 반대부터 하고 보는 유민하지만, 이번에는 조금 반응이 다르다.

넋이 잔뜩 나간 걸 보니 어딘가에 정신이 팔린 모양.

"와… 나도 있어……. 팬 톡방… 미쳤다. 이백 명이래……."

"쟤도 넋을 놨구만."

보아하니 비슷한 상황이다.

"들어가서 인사해야지!"

"야야, 빨리 들어가 봐! 빨리!"

그 옆에는 최성훈 못지않게 호들갑을 떨어 대는 서하린이 있다.

"꺄아아악!"

"어떡해! 떨려! 떨린다고! 뭐라고 쳐? 그냥 인사해?"

저 둘도 흥분하면 이성을 놓는구나.

이미 발까지 구르면서 손을 달달 떨고 있는 상태라 도움을 청하기엔 애매하다.

　결국 신서진은 조용히 혼자 들어가기로 했다.

　"누른다?"

　"웅!"

　"진짜 눌러?"

　최성훈은 신서진의 말에 격하게 고개를 끄덕였다.

　　　　　　*　　　　　*　　　　　*

　신스타그램이 아니었다면 찍소리도 못 하고 얼어붙어 있었을 것이다. 하지만, 적어도 채팅을 치는 법은 아는 터라 어느 정도의 자신감이 붙었다.

　신서진 고독방.

　타이틀을 힐끗 올려다본 신서진은 혼자 중얼거렸다.

　"고독한 곳인가?"

　방의 컨셉에 맞게 비련의 스타일로 채팅을 보내기로 마음먹었다.

　옆에서는 여전히 부담스러운 눈빛의 최성훈이 빤히 이쪽을 쳐다보고 있다.

　타닥타닥.

　열심히 채팅을 친 신서진은 보내기 버튼을 눌렀다.

　띠링—.

　—안녕하세요……. 신… 서진인데요…….

"점이 왜 이렇게 많아?"
"컨셉 맞춰 준 거야."
"무슨 컨셉인데?"
"약간 고독한… 가을 남자 컨셉……?"
응, 아니다.

―(물음표 짤)
―#무슨 일임?
―#(사칭 금지 짤)
―#방장 어디 갔어요? 강퇴 좀 해 주세요
―@방장 강퇴 좀

채팅은 어디로 가고 좌르르 사진만 깔리는 톡방.
더 뭐를 해 볼 틈도 없었다.

―'자칭 신서진' 님이 강퇴당하셨습니다.

"응?"
들어가자마자 쫓겨났다.
신서진은 충격에 빠진 얼굴로 휴대전화를 뚫어져라 내려다보
았다.
말도 안 돼. 어찌 이런 일이…….
깊은 상처를 받고야 말았다.

"분명 팬들이라고 했잖아……. 나를 배척하는 건가?"

알고 보니 안티 톡방이라든가.

그것도 아니라면 자신이 직접 들어가는 것이 퍽 부담스러웠던 모양이다.

너무해.

신서진의 어깨가 축 처졌다.

옆에서 그걸 지켜보고 있던 최성훈은 신서진의 휴대전화를 빼앗아 확인했다.

"야, 너 뭐라고 올렸길래 바로 강퇴당했어?"

"인사만 했잖아……."

"추가로 더 올린 건 없고? 인사만 했는데 왜 강퇴당했지?"

스윽. 슥.

몇 안 되는 채팅이 끝나기도 전에 강퇴당한 신서진의 흔적을 빠르게 훑어보던 최성훈이 탄식을 뱉었다.

"아, 이거 그거네. 나 어디서 들어봤는데? 고독한… 뭐였지?"

"뭐야, 무슨 일이야?"

뒤늦게 온 서하린이 고개를 갸웃거리며 끼어들었다.

신서진은 시무룩한 얼굴로 중얼거렸다.

"나 강퇴당했어……."

"…욕이라도 했니?"

"내가 너도 아니고 그런 걸 했을 리가 있겠냐."

"야!"

서하린은 툴툴대면서도 곁눈질로 신서진의 채팅창을 확인했다.

최성훈처럼 오래 고민할 것도 없이 결론은 금방 나왔다.

"다짜고짜 인사부터 하면 당연히 사칭인 줄 알지. 심지어 고독방이네."

"그래서 고독하게 보냈잖아."

"채팅 치는 게 아니라 사진만 올리는 방이라고. 여기 공지도 있네."

신서진은 서하린의 말대로 공지를 확인했다.

굉장히 길어 보이고 복잡해 보이는 규칙들이 줄줄이 나열되어 있다.

한참을 정독한 후에야 어디서부터 잘못되었는지 눈치챘다.

텍스트 대신 조용히 사진만 올리는 방이란다.

게다가 다짜고짜 신서진 당사자라고 하면 사칭 취급 받기 딱 좋으니 인증 사진부터 찍어서 올렸어야 했던 것이다.

하지만, 올림포스 어르신에게 젊은이들의 문물은 여전히 어려운 법.

신서진은 다 이해하고 나서도 뚝딱였다.

"사… 사진을 찍어? 무슨 사진을?"

결국 서하린이 도와주게 되었다.

그것도 상당히 툴툴대면서.

"어휴, 소통도 못 하면서 무슨 아이돌을 하려고."

"…저렇게 성격도 드러우면서 무슨 연예인을 하려고."

"야."

"아니야, 마저 해."

고개를 돌려 보니 최성훈이 숨넘어갈 듯이 깔깔대고 있다.

"야!"

서하린은 그런 최성훈을 흘겨보면서도 일단 신서진을 도와주려 발 벗고 나섰다.

입이 험해서 그렇지 나쁜 애는 아니다.

신서진은 그렇게 생각하며 서하린이 시키는 대로 어색하게 포즈를 잡았다.

"지금 시간 보여 줘! 그래야 인증이 될 거 아니야?"

"…이렇게? 짠!"

"시계 광고 찍는 거 아니야, 지금!"

"그럼 이렇게?"

"웅, 그 각도 괜찮네. 찍는다!"

찰칵.

셀카도 못 찍는 애를 아예 처음부터 끝까지 떠먹여 주는 중이다.

서하린은 앨범에 저장된 사진을 꺼내어 사진 위에 글씨를 쓰는 법까지 알려 주고 있었다.

물론 속 터짐은 기본 패시브다.

서하린은 가슴을 치면서 한숨을 푹푹 내쉬었다.

"진짜 이것도 몰라? 야, 우리 할머니가 너보다 스마트폰을 더 잘 쓰시겠다."

"당연하지. 내가 더 나이가 많다."

"시끄러워. 18년 동안 이런 것도 안 해 보고 뭐 하고 살았어? 넌 진짜 다른 의미로 천연기념물이다."

"자, 여기. 다 썼어."

신서진입니다…….

삐뚤빼뚤한 글씨로 아련함까지 살렸다.

아련하다 못해 안드로메다로 넘어가 외계인과 접신할 듯한 필체다.

오죽하면 섬세함과는 거리가 먼 최성훈이 이렇게 물을 정도였다.

"글씨 왜 이렇게 못 써?"

"내가 쓰는 문자가 아니야. 아직 낯 가리는 중이라."

"…일단 올리자."

이제는 신서진의 말을 어느 정도 흘릴 수 있게 된 서하린이 그를 재촉했다.

인증용 사진까지 준비했으니 이제는 강퇴당하지 않을 터. 최성훈은 감탄하며 다른 팬 톡방을 가리켰다.

"야, 여기도 이백 명이나 있어. 진짜 대세라니까?"

"빨리 입장해 봐."

"으응."

이미 쫓겨난 경험이 한 번 있는 신서진이 긴장한 얼굴로 침을 삼켰다.

그것도 잠시, 사진을 올리는 데에는 조금의 망설임도 없다.

띠링―.

―…….

사진이 올라감과 동시에 채팅방에 정적이 감돌았다.

$$*\qquad\qquad*\qquad\qquad*$$

—#진짜예요?

텍스트콘이 쏟아지고 잠시 뒤에는 흥분한 나머지 그냥 텍스트를 쓰는 이들도 나타났다.

—미친 진짜 신서진이에요?
—서진아 ㅠㅠㅠㅠ 와 미쳤다
—이걸 직관하다니
—사진 더 올려 줘 서진아 ㅠㅠ
—나가지 마요 ㅠ 제발

"우와, 완전 난리 났어."
신기할 정도로 채팅이 빠르게 올라온다.
거기엔 '리필 앤 리필' 비하인드로 풀렸던 사진에 커다랗게 손 글씨를 써서 마음을 전하는 팬들도 있었다.

—서진아 사랑해

"야, 너 사랑한다는데?"
최성훈이 웃으면서 사진을 들어 보이자, 신서진은 더없이 태연한 얼굴로 수긍했다.

"보는 눈이 좀 있네."

"난 쟤가 참 놀라워. 어떻게 표정 하나 안 변하고 저런 말을 해?"

부끄러워하길 기대했건만, 신서진에게 그런 모습을 기대하는 것부터 잘못이었다. 잔뜩 어깨가 올라간 저 표정은 누가 봐도 관심을 즐기는 자의 얼굴이었다.

즐길 땐 즐기더라도 할 일은 하자.

서하린은 신서진을 재촉하며 말을 뱉었다.

"팬들이 일상 사진 많이 올려 달래. 올릴 만한 거 있어?"

"그냥 아무거나 찍어도 되는 건가?"

"응, 그렇지. 근데 너 사진 찍을 줄 모르잖아."

"알려 줘."

"……."

결국 그리하여 알려 주게 되었다.

그것이 촬영 전쟁의 지독한 서막이 될 거라는 건, 꿈에도 모르는 채로.

*   *   *

다음 날, 최성훈은 퀭해진 눈으로 급식실에 나타났다.

오전 수업에 집중 못 한 것은 물론이고, 너무 졸려서 시도 때도 없이 졸아야 했다.

하루 사이 멀쩡하던 애가 좀비가 되자, 유민하는 걱정스러운 눈으로 물었다.

찰칵—.

찰칵—.

그 와중에도 환청 같은 bgm이 옆에서 울려 퍼지는 중이었지만 말이다.

"왜 그래? 어디 아파?"

"아픈 게 아니라……."

최성훈은 고개를 돌려 신서진을 흘겨보았다.

"저… 저저… 미친놈."

최성훈이 저렇게 말할 정도면 필히 어젯밤에 무슨 일이 있었다. 유민하가 놀란 눈으로 캐묻자, 최성훈이 잔뜩 잠긴 목소리로 대답했다.

찰칵—.

찰칵—.

"어제 새벽부터 지금까지 저러고 있어……."

찰칵—.

"아니, 잠깐만. 쟤는 무슨 사진을 저렇게 찍어 대는 거야?"

유민하는 그제야 인상을 찡그리며 신서진을 돌아보았다.

밥 먹다가 사진 찍고, 교과서에 낙서한 걸 사진 찍고, 이제는 그냥 셀카를 찍는 중이다.

"쟤 아직도 고독방 안 나왔어?"

"내가 어제 인사시키고 잘 내보냈지……."

"근데 왜 저래?"

"나중에 올릴 거 미리 찍는 중이래……."

그렇게 말하는 최성훈의 목소리에는 힘이 조금도 없었다.

사진 찍는 거에 제대로 맛들렸나.

가볍게 혀를 찬 유민하는 브이— 자세로 사진을 찍고 있는 신서진에게 다가갔다.

"뭐 그렇게 셀카를 하루 종일 찍고 있어?"

"팬들이 일상 사진 올려 달래."

"일상 사진은… 좋은데……."

아까 대충 찍는 꼬라지를 봤는데 조금 불안한 구석이 있었다.

혹시나 싶어서 갤러리를 뒤져 봤더니 다소 가관이다.

"각도가 이건 좀 아니지 않아?"

일단 잔뜩 망한 셀카 30장을 건졌다. 여기까진 연습과 노력이 보충해 줄 수 있다고 치자.

그다음부터는 신서진의 알 수 없는 작품 세계와 마주할 수 있었다.

"가로등은 왜 찍은 거야?"

"센치해서……."

"팬들이 좋아하시디?"

"응, 엄청."

그 팬들도 참 고생이 많다.

유민하는 미간을 찌푸리며 물었다.

"자고 있는 최성훈은 왜 올린 거야?"

"…쟤가 자기 귀엽게 나왔다고 올리래."

"둘 다 양심이 없어?"

돌아 버리겠다.

'이것들을 어쩌지…….'

유민하는 허리에 양손을 짚은 채 심각하게 서 있었다.

그때, 신서진이 생글거리며 물어 왔다.

"잔뜩 화난 유민하 올려도 되냐?"

"되겠냐?"

"억! 버릇 없는 인간!"

결국 톡톡 어플은 압수당했다.

신서진이 핸드폰을 잘 못 다루는 걸 이용한 유민하의 한 방이었다.

확실한 방법이 하나 생각이 났다.

유민하는 신서진을 약올리며 말했다.

"지우면 깔 줄 모르지? 이 기계치야."

"…영악해!"

"메롱. 네가 알아서 깔아 보든지."

"저… 저저저!"

유민하가 휴대폰을 들고 냅다 달리기 시작하자, 신서진은 뒷목을 잡으며 큰 소리로 외쳤다.

"다시 깔아 놔!"

"싫은데?"

"다시 깔아 놓으라고!"

그걸 가만히 지켜보고 있는 최성훈이 박수를 치며 혀를 내둘렀다.

늘 신서진이 열받게 했지, 유민하가 한 방 먹인 건 사실상 처음이지 않나.

"오……. 입장이 바뀐 건 처음 보는데?"

그러고는 웃으면서 외쳤다.

"축하한다, 유민하!"

＊　　　　＊　　　　＊

[어제 애들 고독방 나타난 거 봤어?]

서진이랑 민하랑 하린이 왔다 감 ㅋㅋ

서진이가 가장 오래 있었는데 있는 사진 없는 사진 다 풀어 주고 갔당

─나 어제 고독방 있었는데 진짜 ㅈㄴ 웃겼얶ㅋㅋㅋㅋㅋ

┗너무 궁금한데 서울예고 급식 사진은 왜 찍어 주는 거야?

┗ㅋㅋㅋㅋㅋㅋㅋㅋㅋㅋ밥 잘 나오더라

┗역시 대기업 물 먹은 급식은 달라…….

┗내가 아이돌을 덕질하는 건지 조카를 덕질하는 건지 현타 올 뻔

┗애기들 진짜 ㅠㅠ 애기 티 내는 거 봐 ㅠㅠ

─기본 캠 쓰는데 화질 무슨 일이야 ㅋㅋㅋ 셀카 올린 거 보고 웃참함

┗기획사 들어가면 셀카 찍는 법부터 배워야 할 듯

┗아냐 귀여우면 됐어

┗그래 서진아 올려 주는 게 어디니

┗한 시간 동안 와서 사진 50장 올려 주는 거 보고 확신함 얘는 효자돌임

┗근데 건질 사진이 없엌ㅋㅋㅋㅋㅋㅋ

┗쉿

―처음에 강퇴당했던 게 그럼 진짜 서진이야? 아 미친 나 그 방에 있었다고 ㅠㅠ 사칭인 줄 알았다고 ㅠㅠ

　ㄴ예 선생님 최고의 기회를 놓치셨습니다

　ㄴ고독방 있던 사람 실시간 쓰러지고 난리 났음

　ㄴ어제 방 인원 순식간에 오백 찍었어

　―애들끼리 너무 귀엽게 잘 놀더라 최성훈 자는 거 찍어 준 거 보고 진짜 웃겼는데 ㅋㅋㅋㅋ

　ㄴ뿌듯하게 최성훈에게 컨펌받아 왔다고 자랑하던데

　ㄴ실수로 텍스트 몇 번 친 다음에 또 강퇴 당할까 봐 쪼는 것조차 귀엽다

　ㄴ나는 이 조합 다 좋으니까 제발 데뷔만 해 줘라

　ㄴ에스떱 일해 줘요 ㅠㅠ

　조용하게 넘어갈 줄 알았던 고독방 소동은 커뮤니티의 핫 게시판까지 올라가면서 생각보다 커졌다. '리필 앤 리필'로 올라간 인지도가 더해져서 이번에도 반응이 좋았다.

　"이번 데뷔 클래스는 유독 핫하네요……."

　"그러게 말입니다."

　매번 화제가 될 때마다 꾸준히 나오는 말이 있었다.

　이만큼 방송으로 간을 봤으면 슬슬 애들을 데뷔시켜 달라는 소리.

　SW 엔터에서도 어느 정도 준비를 하고 있었던 상황.

　그리고, 마침내 서울예고 데뷔 클래스 건에 관련해서 회의가 열리게 되었다.

"회의 시작할까요?"

SW 엔터의 회의실에 임원들이 속속들이 도착하기 시작했다.

*　　　　　*　　　　　*

SW 엔터의 신인 개발 팀 회의실.

오늘따라 회의실에는 신중한 분위기가 감돌았다. 데뷔 유망주인 서울예고의 데뷔반 학생들 중 일부가 '리필 앤 리필'에서 화제를 모으고 있었기 때문이었다.

제이로 인해 깎아 먹었던 서울예고의 이미지도 회복이 되면서 SW 엔터의 입장에서는 연속 호재인 상황이었다.

하지만, 그렇기에 더욱 빠질 수 없는 얘기가 있다.

누구를 데뷔시킬 것인가.

졸업을 앞두고 있는 3학년도 있고, 다른 기획사가 데려가기 전에 빠르게 발을 묶어 놔야 하는 2학년도 있다. 데뷔 클래스의 전원이 데뷔할 수는 없으니 필연적인 선택의 시간이 찾아왔다.

다른 부서 임원들까지 모두 한데 모인 자리.

누군가가 먼저 입을 떼었다.

"슬슬 데뷔 얘기 나올 때가 됐죠?"

데뷔 클래스 멤버들이 전부 SW 엔터에서 데뷔하는 것은 아니다.

아마 정식 데뷔조 뽑히는 학생들이 SW 엔터와 계약 후, 정식 연습생으로서 데뷔 절차를 밟게 될 것이다.

누가 선발될지가 관건이다.

신인 개발 팀 팀장 한성묵이 먼저 입을 열었다.

"사실 지난 회의 때 대표님께서 이런 얘기를 꺼내시긴 했습니다만……. 아직 정식 데뷔는 시기상 조금 이르고, 유닛제로 데뷔시키려 하시더군요."

"유닛제요?"

정식 데뷔 전에 임시 유닛을 만들어서 데뷔시키는 경우가 없는 것은 아니다. 하지만, 이번 SW 대표의 아이디어는 조금 그 궤를 달리했다.

"유닛제는 좋은데……. 우르르 다 데뷔시키는 건 조금……."

"혼성 유닛제 말씀하신 거 아니에요?"

서을예고 데뷔 클래스 몇 명에 SW 엔터 연습생까지 합쳐서 혼성 유닛으로 데뷔시키겠다는 게 대표의 계획이었다.

"90년대나 보던 컨셉을 10년대에 하는 건 조금 그렇지 않아요?"

"실험적인 도전이긴 한데……."

걸 그룹과 보이 그룹을 한 유닛으로 동시에 데뷔시키겠단다.

말이 같은 그룹이지 유닛이 나뉘니 문제 될 건 없다지만, 그럼에도 실험적인 도전임은 분명하다.

다른 건 다 그렇다 쳐도 혼성?

한 그룹에 유닛만 여러 팀?

매니지먼트 팀 내에서도 의견이 분분했다.

한성묵 팀장은 신인 개발 팀 직원을 돌아보며 물었다.

"유닛 시안 준비됐어요?"

"아, 네. 다 준비됐습니다."

데뷔조 1안. 데뷔조 2안. 데뷔조 3안까지.

다양한 가능성을 열고 이번 유닛을 섬세하게 구성했다.

유닛제가 확정이라는 가정하에 회의실에서 다양한 의견이 나왔다.

"시은이는 솔로로 내보내죠."

"걔는 혼자서도 무대 다 채울 애예요."

"한 일고여덟 명 정도로 해서 가데뷔시켜 보는 건 어떨까요?"

"단체곡 하나 뽑고, 유닛별로 수록곡 하나씩 넣으면 될 것 같은데요?"

유닛 조합에 대한 얘기도 나왔다.

"에이틴 조합 좋다는 말은 많았는데……."

가장 쟁점은 에이틴의 유닛 여부였다. 너튜브에서 가장 인기가 많은 조합이기도 했고, 에이틴의 나머지 멤버들도 이번에 데뷔 클래스에 들어왔으니 이대로 엮어도 상관은 없다.

에이틴 다섯 명에 서하린까지 추가해서 총 6명으로 데뷔시켜 달라는 의견이 많긴 했으나, 그만큼 호불호도 갈리는 조합이었다.

"차라리 남자애들만 뽑아서 남돌을 만드는 게 낫죠. 수요는 확실히 이쪽이니까."

"괜히 연애설 터지면 골치 아프니까요."

"막상 이렇게 유닛 뽑으면 반응 싸할 것 같은데……."

신중해야 할 수밖에 없는 부분이다. 회의실 안에서 가장 많이 의견이 갈리는 부분이라, 한참 동안 토론이 이어졌다.

"다영이는 혼자 데뷔시키기에는 좀 약해요."

"아직 존재감이 없긴 하죠."

"차라리 신서진, 허강민, 최성훈, 이유승, 차형원. 이렇게 다섯 명으로 유닛 가는 게 나을 것 같은데요."

"성훈이 실력이 아직은 부족한데……."

"그래도 인기는 많잖아요. 애가 끼가 있어요."

데뷔 클래스 3학년인 차형원의 이름도 거론되었다.

"음. 이렇게가 애들이 얼굴 합도 잘 맞고, 포지션 밸런스도 괜찮네요."

"민하랑 하린이랑 듀엣 유닛으로 곡 하나 뽑아 봐도 좋구요."

"나중에 연습생들이랑 같이 데뷔시켜도 되지 않을까요?"

"네. 이렇게 8명."

"일단 확정은 아니어도 보고 올릴까요?"

"저는 이 조합 찬성입니다."

몇 시간의 회의 끝에 SW 엔터의 데뷔조 또한 윤곽을 갖춰 가고 있었다.

"음……. 얘네 다 데뷔시킬 수는 없으니까……."

하지만, 늘 그렇듯이 데뷔조에 이름을 올릴 수 없는 사람이 생기는 법이었다.

*　　　　　*　　　　　*

데뷔 클래스 학생들을 뒤집어 놓기에 충분한 소식.

그간 데뷔 클래스 학생들이 한데 모일 이유는 세 멤버의 영입과 방출 뿐이었지만, 오늘은 그 무게부터가 다르다.

정식 데뷔조 발표 소식.

이런 날이 곧 오리라는 것쯤은 알고 있었으나, 전례 없는 소식이라 흥분할 수밖에 없었다.

본래 SW 엔터는 서울예고 데뷔 클래스에서 학생들을 데뷔시키면서도 소수의 학생에게만 기회를 주는 편이었다. 선택받지 못한 학생들은 다른 대형 기획사로 가서 데뷔를 하거나, SW 엔터의 연습생으로 들어가 추가 기회를 노리는 쪽이었는데…….

이번에는 학교 전체가 뒤숭숭한 것이 어째 이전과는 달랐다.

그새 정보를 물어 온 최성훈이 흥분한 목소리로 말을 쏟아냈다.

"무려 여덟 명이래, 여덟 명!"

"전체가 아니라 데뷔 클래스에서만 뽑는대?"

"그렇다니까? 열 명 중 여덟 명. 이 정도면 역대급 타율 아니야? 아니, 여기 혼성인데 그 여덟 명을 정말 다 데뷔시킨다고? 그것도 한 그룹으로?"

"믿을 만한 찌라시가 아닌데……."

"한시은 선배가 그랬어. 그 선배라면 믿을 만하지."

최성훈의 말에 이유승과 유민하는 심각한 얼굴이 되었다.

최성훈은 어색하게 웃으며 말을 덧붙였다.

"물론 나는 포기했어. 아무리 타율이 좋아도 나는 좀……. 힘들지 않겠어?"

"왜 결과도 안 나왔는데 벌써부터 그래?"

"마음을 비워야 실망할 일도 적은 거다, 이 말이야."

그러면서도 생각보다 많은 데뷔 인원에 기대감이 생기는 것은 어쩔 수 없다. 혼성 유닛 그룹이라는 찌라시라니. 어디까지 진실이고, 어디까지 근거 없는 소문인지는 몰라도 지금은 간절히 바랄 뿐이다.

제발, 그 안에 들고 싶다.

그것은 이다영도 마찬가지였다.

"나는 힘들겠지⋯⋯."

이다영은 혼자 중얼거리며 고개를 푹 숙였다. 데뷔 클래스에 들어온 지 얼마 되지도 않았을 뿐더러, 아직까지 뚜렷하게 보여 준 것이 없다는 생각에서였다.

이다영의 강점은 분명 작곡에 있었으나, 자기 정도로 곡을 쓰는 학생들은 차고 넘칠 거라는 생각. 거기에 더해 다른 애들보다 끼도 부족하니, 자꾸만 자신감이 떨어진다.

그런 이다영의 말을 들은 유민하는 인상을 찌푸렸다.

"얘는 왜 또 말도 안 되는 소리로 땅굴을 파?"

"아니⋯⋯. 잘하는 친구들이 워낙 많으니까 그런 거지⋯⋯."

"뭐래, 어깨 펴. 네가 어디 가서 밀릴 애는 절대로 아니거든?"

유민하는 잔뜩 굽어 있는 이다영의 어깨를 손으로 주물렀다.

"긴장한 거 봐. 애가 차갑게 식었네."

"야, 이다영. 그냥 속 편하게 생각해. 나 봐, 진작에 포기했잖아?"

"⋯그게 위로냐?"

"뭐야, 이거 아니었어?"

최성훈의 헛소리에 이다영은 가볍게 웃었다.

하기야 C반을 가니, B반을 가니 하던 것이 겨우 엊그제이다.

데뷔조에 목을 매면서 스트레스받을 필요는 없다.

되면 좋은 것이고, 떨어지면 실력이 거기까지인 것이겠지.

이다영은 그렇게 생각하며 긴장을 덜어 내려 최선을 다했다.

물론 그렇다고 해서 몸이 생각대로 따라 주지 않았다.

이성은 욕심을 버리라 말하고 있지만, 차갑게 식어 가는 손을 보아하니 완전히 마음을 비우기는 그른 모양.

"후하……."

이다영은 숨을 고르며 마음을 가라앉히려 애를 썼다.

확실히 심호흡을 하니 한결 나아지는 듯하다.

"괜찮을 거야……. 괜찮아, 이다영……."

하지만, 그 평정심은 그리 오래가지 못했다.

"학생부장님이 부르시던데?"

교실 문을 박차고 들어온 신서진이 충격적인 소식을 전해 왔기 때문이었다.

"데뷔 클래스 전원 지금 당장 올라오래."

*　　　　*　　　　*

이규필 학생부장은 굳은 얼굴로 데뷔 클래스 학생들을 교무실에 불렀다.

하지만, 이 자리에는 2학년의 이다영과 3학년의 강민채 두 사람만 있었다.

나머지는 유닛이 배정되어 정기태 선생에게 불려갔기 때문이었다.

단체곡 하나.

한시은 솔로.

신서진, 허강민, 최성훈, 이유승, 차형원. 이렇게 다섯 사람의 유닛 하나.

유민하, 서하린의 듀엣 무대.

이렇게 네 곡이 이번 데뷔조의 앨범에 수록될 예정이고, 그 리스트 어디에도 두 사람의 이름이 없음을 확인했다.

하기 싫어도 누군가는 전해야 할 얘기다.

이규필 학생부장은 낮게 가라앉은 목소리로 힘겹게 말을 뱉었다.

"다 열심히 했지. 너희들도 알고, 나도 안다."

"네……."

이다영은 두 눈을 질끈 감았다. 자신과 강민채만 따로 이곳에 불려 왔을 때 이미 예감은 했었다. 이다영은 침을 삼키며 이규필 학생부장의 말을 들었다.

예상은 했는데 조금 아프다.

같이 연습했던 친구들인데, 같은 꿈을 보면서 달렸던 친구들인데…….

자신만 뒤처져서 결국 떨어져 나오고 말았다.

이다영은 옆에 선 강민채를 힐끗 돌아보았다.

3학년 데뷔 클래스 멤버로 지난 2년을 굳건히 지키고 있었던 그녀는 이미 JS 엔터에서 데뷔 제안을 받은 상태였다.

거기랑 계약도 했다고 들었으니, 자신과는 달리 갈 곳이 있는 입장이라는 소리다.

그래서 더 비참해진다.

여기서 정말 데뷔가 무산된 사람은 자신뿐이다.

"지금 안 됐다고 해서 평생 데뷔 못 한다는 소리는 아니잖아? 심지어 데뷔 클래스 방출도 아니야, 다른 곳에서도 얼마든지 컨택 올 수 있어. 민채는 이미 그랬고."

"네, 선생님."

"그래, 다영이 너도. 잘하니까 어디서든 연락 올 거야. 너 또래에 너만큼 곡 쓰는 애가 몇이나 있니."

에이틴의 무대에서는 제법 잘 노는 것 같아 보였지만, 단독으로 무대에 서기에는 약한 매력과 부족한 끼. 숫기가 없어 아이돌 할 재목은 아니라는 게 SW 엔터 사람들의 의견이었다.

데뷔조 코앞에서 떨어졌으니 얼마나 상심이 클까.

이다영의 작곡 실력을 높게 평가했던 이규필 학생부장은 어떻게든 자신감을 심어 주고 싶었다.

"다영아, 고개 들어 봐."

"네……."

"자신감 가져. 너 충분히 잘해."

"네에……."

하지만, 지금 그런 말이 귀에 들려올 리 없다.

이다영은 고개를 끄덕이면서도 눈물을 참으려 애를 썼다.

이규필 학생부장의 위로를 들으니 금방이라도 눈물이 터져 나올 것 같아서 입을 떼기가 힘들었다.

"저 진짜 괜찮아요……."

전혀 괜찮아 보이지 않는 얼굴과 목소리였다.

이다영은 짧게 숨을 뱉으면서 작게 중얼거렸다.

"다음엔 더 열심히 할게요……."

"그래, 다음이 있지. 잘할 거야, 선생님들 말 믿지?"

"네……."

데뷔조에 들어도 데뷔가 불발되는 게 일상인 이곳에서, 어쩌면 흔한 일일지도 모른다.

상처가 거름이 되어 자신은 또 자라겠지.

데뷔하지 못하더라도 음악을 관둘 생각은 없다.

지금 이 쓰린 감정마저도 곡으로 남겨 두고 싶다는 생각을 하고 있는데.

이런 나에겐 이 일이 천직이 맞겠지.

이다영은 그렇게 생각하며 슬픈 미소를 지었다.

"저, 포기 안 해요."

그러곤, 덧붙였다.

"저 꼭 데뷔할 거예요."

*　　　　　*　　　　　*

에이틴의 멤버 중에서 이다영의 이름만 빠졌다.

데뷔가 확정된 순간에도 마음 한편이 복잡한 것은 어쩔 수 없다.

2학년 데뷔조로 함께 동고동락했던 이들은 데뷔에 행복해할 수 없었다.

늘 밝게 웃고 있던 최성훈도 터벅터벅 교무실로 향하던 이다영의 뒷모습이 자꾸만 떠올라 어두워지는 것이다.

"다영이 괜찮겠지?"

"괜찮을 리가 없잖아."

최성훈의 말에 유민하는 솔직하게 대답했다. 자신이 이다영이라고 해도 절대 괜찮진 않았을 터였다.

같이 고생했고, 같이 무대를 뛰었던 친구였다. 홀로 데뷔조에서 떨어졌으니 그 마음이 얼마나 착잡할까 싶었다.

원채 제 감정을 내색하지 않는 애다.

아마 자신들이 불편해할까 봐 데뷔조 발표가 끝나자마자 어디론가 사라져 버렸겠지. 어디서 울고 있을지 모르겠어서 더 미안해진다.

그리고 한편으론 SW 엔터의 안목이 이해되지 않았다.

최성훈은 홍분한 목소리로 말을 뱉었다.

"야, 솔직히 다영이만 한 능력자가 어디 있다고. 곡 잘 쓰지, 춤 잘 추지, 노래 잘 부르지, 착하지. 어디 가서도 잘될 앤데, 보는 눈이 없어도 너무 없다니깐."

이유승은 고개를 끄덕이면서 한숨을 푹 내쉬었다.

"다른 건 그렇다 쳐도 너무 잔인했어. 굳이 공개적으로 두 사람만 따로 불렀어야 했나. 다영이 표정이 너무 안 좋던데."

그렇게까지 해야 했나. 데뷔조에서 떨어진 애를 두 번 죽이는 기분이라 좀 그랬다. 무슨 도살장에서라도 끌려가는 표정이었던 이다영이 자꾸만 눈에 밟힌다.

"잠깐만, 그런데……."

유민하는 제 옆에 선 서하린과 최성훈을 번갈아 돌아보다가 빈자리를 눈치채곤 눈썹을 들썩였다.

이다영은 그렇다 쳐도, 아까부터 뭔가 허전하다 했더니…….

"신서진은 어디 갔어?"

신서진이 아까부터 모습을 보이질 않는다.

＊　　　　　＊　　　　　＊

서울예고의 교무실.

신서진은 주영준 선생과 나란히 대면 중이었다. 불쑥불쑥 교무실을 찾아오는 성격은 도통 아니건만, 오늘은 잔뜩 굳은 얼굴로 면담을 요청해 왔다.

같이 연습했던 이다영에 관한 건이었다.

"이건 아니잖아요. 저희 무대 설 때 편곡이란 편곡은 다 이다영 개가 했습니다."

신서진의 성격상 이런 거에 나설 리가 없을 텐데.

주영준 선생은 조금 놀랐지만 애써 태연하게 미간을 찌푸렸다.

이미 엔터 측에서 전해 들은 사실이다.

친구를 걱정하는 건 좋은데, 이런 쓸쓸한 말밖에 전할 수 없는 입장이다.

"서진아, 이건 기여도에 따라 성적이 결정되는 조별 평가가 아니야."

"……."

"결과물만 보고 평가하는 필기시험은 더더욱 아니고."

신서진은 알 수 없는 표정으로 주영준 선생을 응시했다.

주영준 선생은 그런 자신의 제자에게 슬픈 사실을 일러야 했다.

"성공한 가수들은 실력이 좋지. 그게 춤이든, 노래든, 끼든. 뭐, 하나는 가지고 있으니 뜬 게 아니겠어. 하지만… 실력이 좋은 가수가 전부 성공하진 않잖냐?"

진흙 속의 진주라 했다. 누군가는 진흙 속에서 반짝이는 진주를 찾아낼지도 모른다.

그러나, 일 년에도 셀 수 없는 팀이 데뷔하고, 연습생을 지망하고, 연예인이 되려 꿈꾸는 이곳에서 진흙은 흡사 망망대해와도 같이 넓기만 하다.

그 안에서 진주 한 알을 찾아낸다는 것이 결코 쉬운 일일까.

"엔터 사람들의 눈이 절대적인 것은 아니야. 실제로 성공한 가수들도 몇 번이나 오디션에 까이고, 데뷔조에서 떨어지곤 하니까. 네가 데뷔조에 합격하고, 다영이가 불합격한 건 말이다. '현재'에 불합격을 받았을 뿐인 거다. 그게 그 아이의 미래까지 장담해 주진 않아."

"네."

"네 생각보다 훨씬 실력이 좋은 아이고, 단단한 애야. 걱정되는 마음은 이해한다만, 네가 도와줄 수 있는 건 없을 거다. 스스로 알아서 극복해야 하겠지."

"그렇죠……."

주영준 선생은 말끝을 흐리는 신서진을 빤히 바라보았다.

친구의 불합격에 함께 슬퍼하고 분노할 수 있는 것이 저 나이

대만의 특권일지 모르겠다만, 녀석이 너무 그 감정에 매몰되어 제 기회를 놓칠까 봐 걱정하는 마음이었다.

"그러니까, 네 데뷔에 우선 집중해라. 그게 다영이도 훨씬 마음이 편할 거다."

"……."

"슬슬 데뷔조 준비도 해야 하지 않겠어? 계약서도 쓰고 온 것 같은데, 커리큘럼 따라가려면 수업도 자주 빠져야 할 거고……."

"그래서 다영이가 데뷔하려면 어떻게 해야 하나요?"

응?

"너, 내 얘기 안 듣고 있었냐?"

"너무 좋은 말씀이셨는데요."

"근데 그 소리가 나와?"

"선생님은 전문가시잖아요."

신서진은 주영준 선생의 노트북에 붙어 있는 스티커를 손으로 가리켰다.

그 위엔 데뷔 후 성공해 스타가 된 제자들의 이름이 줄줄이 적혀 있었다.

주영준 선생이 저걸 보면서 얼마나 뿌듯해하는지 몇 번이고 봤다.

그러니 이건 제자로서 당당하게 요구하는 제안이었다.

"저기에 이름 하나 더 추가하죠."

"뭐?"

"한 번만 도와주세요."

아무 대책 없이 이곳을 찾아온 것이 아니다.

그간 자신이 봐 온 주영준 선생이라면 뭐라도 해 줄 것 같아서, 조금의 망설임도 없이 교무실을 찾았다.

"선생님이라면 가능하지 않나요?"

"…내가 무슨 신이냐?"

"그것은 신성모독입니다, 선생님."

"됐고, 됐고! 말 같지도 않은 소리 할 거면 돌아가……."

매몰차게 신서진을 쫓아내려던 주영준 선생은 잠시 멈칫했다.

"될걸요?"

"아, 한 번만!"

"쌤? 쌤……?"

제길.

"정신 사나우니까 가만히 좀 있어 봐라."

주영준 선생은 미간을 찌푸리며 신서진을 돌아보았다.

신서진의 말대로 데뷔 직전에도 수도 없이 바뀌는 것이 데뷔조다.

아예 모든 기회가 끝났다고 단언할 수 있나?

혹시 누가 알아?

짜 놓은 유닛을 뒤집어 놓을 만한 무언가가 있으면 SW 엔터 측의 생각이 바뀔지도.

고민하던 주영준 선생은 한숨을 내쉬며 말했다.

"맨입으론 안 되지. 뭔가를 보여 줘야 하지 않겠냐."

"네?"

"내가 내줬던 자기 어필 과제, 이다영이랑 같이 해 와라."

주영준 선생은 담담하게 덧붙였다.

"기한은 2주다. 그 안에 뭐라도 나오면 얘기해 볼 만하겠지."

할 수 있겠냐는 주영준 선생의 말에, 찰나였지만 신서진의 눈이 뜨겁게 타올랐다.

뭘 하라는 건지, 정확한 방향도 짚어 주지 않은 무책임한 제안.

하지만, 왜인지 주영준 선생은 알 수 없는 기대감이 생겼다.

"해 오겠습니다."

저렇게 자신이 넘치는 녀석이라면 불가능을 가능으로 만들어 낼 것 같아서.

$$*\qquad\qquad*\qquad\qquad*$$

연습실로 복귀한 뒤, 신서진은 한참을 고민했다.

오랜 세월을 살아오면서 인간들과는 비교되지 않을 정도로 다양한 경험을 쌓아 온 신서진이다.

그러한 경험들은 때때로 도움이 되었으나, 대부분 오래되고 케케묵은 것들이라 지금 상황에선 쓸 만한 것이 없었다. 신서진은 머릿속에서 떠오르는 구세대적인 아이디어들을 빠르게 지우고, 최근의 기억부터 찬찬히 끄집어냈다.

"기한이 겨우 2주야."

주영준 선생이 내건 제약이 상당하기에, 신서진이 가장 먼저 고민한 것은 파급력이었다.

이다영의 실력을 빠른 시간 내로 알릴 수 있는 방법이 뭐가 있을까?

'리필 앤 리필'로 네 사람이 주목을 모았던 것처럼 방송을 타는 게 가장 빠르겠으나, 아직 대중에게 많이 알려지지 않은 이다영을 데리고 방송에 나가는 것부터가 불가능에 가깝다.

애초에 이다영 걔가 예능에서 날고 길 성격도 아니고…….

다른 방법을 생각해 보자.

신서진은 뇌를 21세기 버전으로 갈아 끼운단 심정으로 쓸만한 매체를 열심히 생각해 보았다.

그러다가 문득 서하린이 보여 줬던 안무 영상이 떠올랐다.

"아!"

'그걸 보면서 엄청 연습했었는데…….'

이거다.

신서진은 다급하게 서하린을 불러 왔다. 너튜브에 아직 낯을 가리는 중이라 서하린의 도움이 필요했다.

"툴툴거리면서도 오겠지?"

정확히 예상대로다.

"왜! 귀찮아!"

"서하린!"

"아, 왜. 무슨 일인데?"

서하린은 여느 때처럼 온몸으로 귀찮아하면서도 군말 없이 신서진의 말을 들었다.

"그때 네가 나 보여 줬던 안무 영상 있잖아. 그런 거 찍으면 조회수 좀 나오나?"

"잘하면 나오겠지……?"

"관심도 많이 받을 수 있어?"

"뭐야, 그 관종 같은 질문은?"

뜬금없는 질문이다.

서하린은 질색하면서도 핸드폰에 접속해 너튜브 화면을 보여 주었다.

"이게 그때 우리가 봤던 커버 영상인데, 이런 건 조회수 300만 찍었네. 유명한 너튜버들은 이렇게 찍기도 하지. 물론 춤만 잘 춘다고 다 되는 건 아니야. 요즘은 이런 게 워낙 쏟아져서."

신서진은 열심히 설명해 주고 있는 서하린의 팔을 냅다 붙잡고선 물었다.

"2주 안에 300만, 가능해?"

"…응?"

이게 무슨 개소리냐는 듯한 눈빛이 돌아왔다.

신서진은 빠르게 목표를 낮췄다.

"100만?"

"왜, 이거 찍어 보려고?"

"50만?"

"그게 뉘 집 개 이름이야?"

"아, 모르겠고. 최대한 많이 필요해."

신서진은 서하린의 잔소리를 끊으며 말했다.

"우리, 저거 찍어 보자."

*　　　　　*　　　　　*

늦은 밤, 이다영을 뺀 다섯 명이 데뷔 클래스 연습실에 모였다.

이다영은 기운이 없다며 수업이 끝나자마자 기숙사로 돌아갔고, 축 처진 어깨를 본 다섯 명 역시 마음이 편할 리 없었다.

그래서일까.

신서진의 계획이 무모하다는 걸 알면서도 이곳에 모인 것이다.

가장 현실적인 주제에, 의외로 신서진의 제안을 먼저 찬성하고 나선 것은 유민하였다.

"100만이든, 200만이든. 너튜브 스타 만든다고 당장 데뷔시켜 주는 것도 아니잖아. 나도 이 계획 말도 안 되는 거 알아. 그냥 우리가 할 수 있는 게 없으니까 해 보려는 거야."

유민하는 침을 삼키고선 짧게 한숨을 뱉었다.

"후……. 일단 우리가 이 상태로 대충 연습한 거 찍어서 올린 다고 뭐가 될 것 같지는 않진 않거든? 그래서 내가 고민해 봤는데 3학년에 춤 그렇게 잘 추는 선배가 있대."

유민하의 말에 이유승이 알은척을 했다.

"차형원 선배 말하는 거지?"

"어, 그 선배 맞아. 바빠서 도와주실지는 모르겠지만 부탁해 보자."

"…차형원이 누군데?"

"너랑 같이 데뷔 예정이신 분."

"아, 저런."

신서진은 혀를 차며 유민하의 말을 마저 들었다.

그냥 춤만 잘 춰서 찾아가는 건 아니고, 원래부터 그 선배가 커버 영상 올리는 쪽으로 유명하다고 했다. 중학교 때부터 영상을 열심히 올리다가 캐스팅받고 연습생 생활도 했었다니, 확실히 이쪽 분야는 잘 알고 있을 터였다.

"내일 바로 부탁드리자."

"해 주시겠지?"

"일단 안 되면 빌어 보자고."

어떻게든 머리를 맞대고 고민하는 모습들.

그 모습을 가만히 지켜보고 있던 서하린은 움찔거렸다.

"잠깐만."

상대적으로 이다영과의 접점이 적기에, 유일하게 이 상황에 이성이 남아 있다. 연습생 생활을 안 해본 저 애들은 별생각이 없을지 몰라도…….

데뷔조에 든 이후에 SW 엔터와 계약서까지 쓰고 온 시점이다.

정식 연습생이 되었으니 SNS도 전부 관리받는 것은 물론이고, 저런 것도 소속사 허락을 받아야 올릴 수 있을 터였다.

같은 데뷔조도 아닌 이다영과 같이 영상을 찍어 올리는 걸 소속사가 허락할까?

이다영이 데뷔할 뻔했는데 떨어진 건 아니냐는 둥.

불화가 있는 건 아니냐는 둥.

SW 엔터의 차별이 어쨌니, 저쨌니까지 근거 없는 헛소문들과 뒷말이 돌지도 모르는 것을. SW 엔터가 가만 놔두리라는 생각이 들지 않았다.

불이익이 있을지도 모른다.

그 모든 사실을 알고도 좌시할 수는 없어서 서하린은 솔직히 지적했다.

"…그냥 그렇다고."

"……."

단순한 선의로 이다영을 도우려는 것일텐데 너무 찬물을 끼얹는 건 아닐까?

"다 알고 하는 거면 상관없구……."

서하린은 괜히 미안해져서 고개를 푹 숙였다. 그런 자신을 에이틴 멤버들이 차분하게 돌아본다. 다행인 걸까. 그 어디에도 원망의 빛은 없었다.

유민하는 슬쩍 웃으면서 입을 열었다.

"응, 알려 줘서 고마워."

사실 모르는 것도 아니었다고, 덧붙이는 유민하다.

괜한 사고를 쳤다가 데뷔조에서 잘릴지도 모르는데.

그게 무섭지 않은 건 아니지만…….

"그래도 해 볼래."

Chapter. 4

　남에게 폐를 끼치는 일은 죽어도 싫어하는 이다영이다. 함께 커버 영상을 찍자는 말에 거절할 거란 걸 알았지만, 생각보다 더 완강하게 싫어했다.

　이다영은 손사래까지 치면서 유민하를 밀어냈다.

　"너네… 연습도 해야 하잖아! 앞으로는 더 바쁠 텐데… 괜히 나 때문에 그럴 필요 없어. 괜찮아!"

　"커버 영상 찍는 것도 연습이야."

　"아니야, 그 시간에 다른 걸 더 해야지……! 나 걱정되어서 그래 주는 건 고마운데, 그래도… 난… 찍을 생각 없어!"

　"그러지 말고 한 번만 해 보자."

　함께 찍자는 사람과 죽어도 찍을 생각이 없다는 사람.

　"미안해……. 안 할래……."

"하나 올리는 건 괜찮을 거야! 다영아, 간만 보자구!"

투닥투닥.

팽팽하게 이어졌던 싸움은 서하린의 한마디로 정리가 되었다.

이다영의 앞에 선 서하린이 혀를 차며 말을 뱉었다.

"야, 이다영. 누구는 지금 커버 영상 찍고 싶어서 이러는 줄 아냐? 이게 무슨 애들 장난인 줄 알아?"

"어……?"

매사에 노빠꾸인 편이긴 하나, 이런 상황에서조차 조금의 깜빡이도 없을 줄은 몰랐다. 서하린은 유민하와 신서진을 손으로 가리키며 짧게 한숨을 내쉬었다.

"딱 보면 몰라? 쟤네 너 어떻게든 데뷔조 한번 넣어 보겠다고 이러는 거잖아. 네 말대로 드럽게 바쁜 이 와중에 안 찍어도 되는 커버 영상 찍겠다는 거라고."

"그러니까… 내가 더 미안한 거야. 너네 할 일도 많은데 시간 낭비 할 필요는 없잖아……."

"시간 낭비?"

서하린은 이다영의 말에 헛웃음을 흘렸다.

"시간 낭비는 네가 여기서 실랑이 하고 있는게 시간 낭비지. 나 같으면 그냥 절하고 들어가겠다."

"야야, 서하린!"

"와, 씨. 까고 말해서 이런 기회가 어딨어? 데뷔조 들어간 애들이 지들 불이익 감수하면서까지 같이 찍은 영상 너튜브에 올려 주겠다는… 읍읍!"

이유승은 빠르게 폭주하는 서하린을 제지했다.

가뜩이나 넋 놓은 애를 상대로 할 말 못 할 말을 가리질 않는다.

물론 그조차 힘으로 풀고 나온 서하린은 답답하다는 듯 이다영에게 외쳐 댔다.

"야, 이런 건 재지 말고 그냥 덤비는 거야! 자존심이 밥 먹여 주고, 미안함이 데뷔시켜 줘? 마지막 기회일지도 모르는데, 넌 쟤네 멱살 잡아서라도 커버 영상 찍어 달라 부탁해야 해. 아니야?"

"……."

"아직 존나 절실하지가 않구나?"

이다영은 서하린의 말에 멈칫했다.

어릴 적부터 연습생을 해 온 서하린은 확실히 또래 애들보다 독한 구석이 있지만, 적어도 서하린의 진심이 담긴 조언 중에 틀린 말은 없었다.

"존나 절실했으면 이미 바짓가랑이 붙잡았지."

이다영은 아랫입술을 세게 악물었다.

네가 뭔데 내 절실함을 평가하냐는 그런 상투적인 말은 떠오르지 않았다.

"야, 자신 없으면 관둬. 괜히 애들 미안하게 만들지 말고 확실하게 때려치워."

"아예 데뷔 클래스도 나가면 되겠네? 데뷔하고 싶은 간절함도 없으면 그 자리 남 줘야지."

어쩌면 서하린의 말이 맞았다.

데뷔 클래스에 들어온 지도 얼마 되지 않아서, 데뷔는 애초에 저랑 먼 얘기라는 생각에 절실함이 부족했다.

오르지 못할 나무라 생각하며 쳐다보지도 않았다.

어느 순간 제 한계를 규정지으며 마음속으로는 애써 포기해 버렸다.

이 길을 걸으리라고 그렇게 다짐했는데, 저 애들보다 너무 부족한 게 하나 있었다.

서하린이 가지고 있는 독기가 자신에겐 없다. 하물며 제 능력에 대한 자신감조차 없다.

그런데도……

데뷔하고 싶었다.

서하린의 한마디, 한마디에 잊고 있었던 욕심이 깨어났다.

"나는 두 번은 말 안 해. 할 건지, 안 할 건지만 확실히 말해."

차갑게 자신을 내려다보는 서하린의 눈빛.

이전이라면 상처를 받았겠으나, 이다영은 오늘 저 싸늘한 목소리가 눈물 나게 고마웠다.

"…할래."

바쁜 애들 틈에 끼어드는 것이 얼마나 민폐인지 잘 알고 있지만.

그래도, 마지막인데.

인생 한 번뿐인 데뷔에 욕심내는 게 나쁜 건 아니잖아.

이다영은 서하린의 말이 바뀌기 전에 다급히 덧붙였다.

"나 무조건 할 거야. 나도 끼워 줘."

*　　　　*　　　　*

"…너도 하나?"

신서진은 놀란 눈으로 서하린을 돌아보았다.

이다영이 커버 댄스에 끼어들면서 에이틴 전원이 너튜브 촬영에 참여하게 되었다. 이쪽이야 이다영과 돈독한 사이였으니 그렇다 쳐도, 불이익을 가장 먼저 운운했던 서하린이 이 프로젝트에 참여할 줄은 몰랐다.

서하린은 조금의 망설임도 없이 신서진의 말을 받아쳤다.

"응, 나도 하는데? 다영이한테도 말했었잖아. 두 번은 말 안 한다고, 마음 바뀌기 전에 고르라고."

"그게 너도 한다는 말이었냐……?"

"어, 하겠다고 했으니 약속은 지켜야지. 내가 또 그런 건 정확하거든?"

알다가도 모를 애다.

신서진은 혀를 차면서 서하린을 돌아보았고, 그녀는 별말 대신 어깨를 으쓱여 보였다. 어찌 되었건, 오늘은 커버 영상 촬영을 위해 도움을 요청하러 왔다.

당연히 미리 양해를 구하진 않았고, 무작정 도와 달라고 쳐들어온 셈이다. 3학년 문을 똑똑 두드린 유민하가 고개를 빼꼼 내밀었다.

"차형원 선배 있어요?"

"…형원이? 야, 형원아! 2학년이 찾아왔는데?"

그나마 유민하랑은 조금 안면이 있는 사이고, 나머지는 같은 데뷔 클래스긴 해도 딱히 친한 관계는 아니었다. 하지만, 일단 하겠다고 덤빈 건데 철판이라도 깔고 부탁해야지.

잠시 뒤, 부스럭거리던 3학년 교실에서 한 학생이 걸어 나왔다.

살짝 풀어진 넥타이에 아래로는 체육복을 헐렁하게 입고 있는 남자.

신서진은 그 샤프한 인상의 얼굴을 보자마자 누군지 생각이 났다.

맨 앞자리에서 한재규 선생의 수업에 가장 집중하고 있었던 사람. 연습실에도 제법 늦게까지 남아 있었던 걸로 기억한다.

살짝 피곤한 듯 잠긴 목소리가 입을 열었다.

"어, 무슨 일로 왔는데?"

"다름이 아니라 저희가 부탁할 게 있어서요!"

유민하가 답지 않게 상냥한 목소리로 상황을 설명하는 사이, 같은 춤 전공인 이유승도 차형원을 설득하기 시작했다.

얘기를 잠자코 듣고 있던 차형원은 기겁하며 말을 뱉었다.

"그러니까 지금 춤을 가르쳐 달라고? 그것도 나한테?"

"네!"

차형원은 이유승을 돌아보며 인상을 찌푸렸다.

"야, 양심 없냐? 네가 나한테 가르쳐 달라 하게?"

"선배 커버 댄스 전문가시잖아요."

"그딴 전문가가 어딨어, 나 원 참. 처음 들어 보는 소리네."

"너튜브도 하시고……. 또, 촬영 스킬도 남다르시고……!"

딱 잘라 말하는 분위기에 유민하가 다급히 끼어들었다.

춤 실력으로는 이유승도 크게 밀리지 않는다지만, 차형원은 다른 의미에서 감각이 있는 사람이었다.

괜히 그의 커버 댄스가 주목받고, 여기저기 기획사에서 컨택이 온 게 아니라는 말이다.

촬영 동선부터, 안무 부분 수정까지. 무대를 큰 그림에서 보는 실력이 있는 사람이었다. 하물며 이 부족한 시간에 이유승이 전부를 도와줄 수도 없는 상황, 지금은 사람이 한 명이라도 더 필요했다.

아직은 춤에 보완할 점이 많은 유민하와 이다영, 신서진, 최성훈. 네 사람을 도와 달라는 소리.

차형원은 부담스럽다며 그 제안을 거절했다.

아니, 거절했었다.

"……."

달라붙어도 너무 달라붙는 후배들.

"선배, 진짜 춤만 살짝 봐 주시면 돼요!"

"딱 한 번이에요, 한 번. 첫 촬영만 보시고 컨펌해 주세요."

"맞아요. 귀찮게 안 한다니깐요, 형, 저희 믿으시죠?"

그래도 명색이 같이 데뷔해야 할 친구들인데…….

"망할."

차마 거절할 수 없던 차형원은 한참 뒤에 못 이기는 척 고개를 끄덕였다.

$$* \qquad * \qquad *$$

그날 새벽, 주영준 선생에게 허락을 받은 덕에 늦은 시간까지 연습실을 쓸 수 있게 되었다. 수업부터 추가 자율 연습까지, 빠듯한 스케줄을 따라가다 보니 맞는 시간이 새벽밖에 없었다.

차형원은 피곤한 얼굴로 연습실 가운데에 섰다.

시계를 돌아보니 벌써 1시다.

"최소 세네 시에는 가자, 얘들아."

"네. 저희 완전 집중해서 배울게요. 그렇지?"

"응."

신서진은 유민하의 물음에 고개를 격하게 끄덕였다. 신서진의 옆에는 입을 꾹 닫고 있는 이다영이 있었다. 여느 때와 같이 낯을 가리는 모습이었지만, 평상시와 묘하게 달라진 분위기다.

활활 타오르고 있는 저 눈빛.

말 걸기도 미안해질 정도였기에, 신서진은 잠자코 정면을 바라보았다.

차형원이 넌지시 물어 왔다.

"무슨 곡 할지는 생각해 왔어?"

대답은 신서진이 했다.

"Black shot이요."

"꽤 까다로운 곡인데?"

"그러니까 배우러 왔죠."

"그건 맞는 말이네."

차형원은 신서진의 당찬 말에 피식 웃고선 휴대전화를 꺼내 안무 영상을 확인했다.

"으음, 다시 봐도 어려워. 그래, 대충 알겠다."

전에 혼자 연습한 적이 있던 곡이라 몇 번의 스캔만으로 충분했다.

짝, 가볍게 손뼉을 친 차형원은 신서진을 지목했다.

"너부터 해 볼래?"

"네."

기본 댄스 클래스도 아니고, 이미 데뷔 클래스에서 날고 기는 애들에게 굳이 안무 따는 것부터 알려 줄 필요는 없다.

시간이 얼마 없으니 포인트만 짚어 주자.

차형원은 한 걸음 뒤로 물러서서 신서진의 스타일을 확인했다.

이미 안무는 다 외웠다.

차형원이 시키는 대로 앞에 선 신서진은 노래가 시작되자마자 가볍게 다리를 뻗었다. 자칫해선 팔과 다리가 따로 노는 걸로 보일 수도 있는 까다로운 난이도의 안무.

서하린에게 기초 스텝을 몇 번이나 배웠던 터라 자연스러운 춤 선이 배어 나온다. 스텝이 꼬이지도 않고, 침착하게 안무를 소화해 나가는 여유마저 있다.

신서진을 가만히 지켜보던 차형원의 눈썹이 들썩였다.

'자신 없다더니 생각보다 잘하는데?'

물론 지적할 것이 아예 없는 건 아니었다.

기본 스텝에 너무 치중한 나머지 춤이 다소 밋밋하게 보이는 감이 있었다.

"디테일을 조금 더 살리자. 방금은 툭 칠 때 아예 팔을 확실히 뻗었어야 간지가 살아."

"네, 알겠습니다."

스피드 있게 한 명씩 훑어야지.

차형원은 손짓하며 다음 사람을 불렀다.

"다음, 다영이 나와 볼래?"

'아, 얘가 데뷔조 떨어진 애였지.'

사실 다른 사람보다도 이 커버 영상이 더더욱 절실한 이다영이다. 꼼꼼하게 봐 달라는 부탁까지 해 왔으니 최선을 다할 생각이었다.

이를 악물고 덤벼든 이다영이 춤을 추기 시작하자마자 차형원은 조용히 고개를 끄덕였다.

'확실히 조금 아쉽네.'

데뷔 클래스에는 들었지만, 최종 데뷔조까지 들지 못했던 이유를 알 것 같아서였다. 신서진의 춤도 다소 밋밋한 편이긴 하지만, 이쪽은 기본적으로 안무에 너무 충실했다.

"표정도 신경 쓰면서 춰 볼래?"

차형원의 주문에 이다영은 살짝 굳었다.

이 노래로 세상을 씹어 먹겠다는 강렬한 메시지. 'Black shot'은 죽여 버릴 듯 노려보는 표정이 포인트였다.

이다영 역시 그 포인트를 살리려 애를 썼다.

다만, 다람쥐 상의 얼굴로 살벌하게 노려보는 그 모습이…….

전혀 무섭지 않았다.

"…너무 귀여운데?"

유민하는 두 눈을 끔뻑이며 이다영을 돌아보았다.

뭐가 문제인지 모르는 이다영은 움찔거리고 있다.

그래, 바로 그게 문제다.

살면서 화도 안 내 본 애가 씹어 먹긴 뭘 씹어 먹어.

"크흠, 잠깐만."

차형원은 헛기침을 하며 이다영을 제지했다.

일단 시급한 표정부터 어떻게 해 보자고.

차형원은 고개를 돌려 도움을 요청했다.

"서진아, 앞으로 나와 봐."

＊　　　＊　　　＊

차형원은 신서진의 'black shot'을 기억하며 입을 뗐다.

"너, 아까 표정 좋았거든?"

데뷔 클래스의 표정 천재를 꼽는다면 서하린이 가장 먼저 생각나겠지만, 신서진도 음악을 표현하는 감정이 상당히 풍부한 편이었다. 노래가 시작되면 180도로 변하는 강렬한 눈빛. 묘한 분위기를 자아내는 표정은 둥글둥글한 외형과는 다르게 센 컨셉의 노래가 퍽 어울렸다.

그러니 오히려 표정에 관해선 신서진이 직접 이다영에게 지도해 주는 편이 더 나을지도 모른다.

차형원은 신서진에게 손짓하며 말했다.

"어떻게 한 건지 한번 설명해 봐. 알아듣기 쉽게 포인트 딱딱 잡아서, 할 수 있겠어?"

안무 수업 시간에 표정을 중점적으로 다루진 않는다.

하지만, 노래 특유의 분위기를 잘 잡아 내는 법에 대해서는 가끔씩 한재규 선생도 언급한 적이 있었다.

이걸 들을 땐 쉽게 알 것 같았는데, 막상 설명하려니 쉽지 않다.

애초에 표정과 감정이라는 추상적인 영역을 일일이 짚어 주는 것 자체가 어려우니.

신서진은 잠시 고민하다가 'Black shot'의 가사를 읊기 시작했다.

"You're my black shot으로 시작되는 첫 번째 파트 있잖아."

⟨Black shot⟩의 하이라이트 파트. 차형원의 말대로 상대를 씹어 먹기라도 할 것처럼 살벌한 표정으로 안무를 소화해 내야 하는 파트가 맞다. 이다영은 우선 표정 자체가 살짝 밋밋한 것이 문제 같으니, 신서진은 그 점을 지적했다.

"우리가 찍는 게 커버 댄스 영상이긴 하지만, 춤만 춘다고 생각하지 말고 한번 노래를 불러 봐."

어차피 댄스 커버를 할 때 립싱크도 겸하긴 하니까, 입을 뻥긋거리면서 춤을 추긴 했었다.

하지만, 신서진은 그 정도 수준이 아니라 아예 정말 노래를 불러 보길 원하고 있었다.

"뭐 해? 해 보라니까."

"지금……? 여기서?"

신서진은 대답 대신 고개를 끄덕였다.

댄스 연습실에서 다짜고짜 무반주로 노래를 부르라니…….

이다영은 잠시 우물쭈물했지만 이내 마른 입술을 떼었다.

You're my black shot
강렬한 감각에 휘말려 가

어차피 춤보단 노래에 더 자신이 있었기에, 이다영의 라이브는 무반주로도 상당히 들어 줄 만한 수준이었다.

노래의 분위기에 맞게 툭툭 내뱉는 발성으로 'Black shot'을 소화해 가는 이다영.

노래에 감정을 실어 부르다 보니 자연스럽게 노래에 맞는 표정도 지어지는 것이다.

아까보다 훨씬 낫다.

차형원은 신서진의 지략에 속으로 감탄했다.

"잠깐만."

거기서 신서진은 멈추지 않고, 몇 가지 포인트를 짚었다.

"처음부터 끝까지 다 강조할 필요는 없어."

이건 유민하가 알려 줬었다. 노래 하나를 분석할 때 감정과 호흡까지 싹 다 기록해 외웠던 유민하. 그 너덜너덜한 가사지를 떠올리며 신서진은 나름의 조언을 건넸다.

"원곡을 들어 보면 모든 호흡을 강조하지 않을 거야. 노래에서 강조하는 부분에 맞춰서 표정도 신경 쓰는 거지. 첫 번째로 강조하는 파트가 어디지?"

"유얼 마이……."

"그중에서도 'You're'에 악센트를 주잖아."

이다영 역시 본능적으로 그리했다.

"아, 여기서 포인트도 주면 되는 거야……?"

"바로 그거지."

저절로 찡그려지는 표정.

춤만 주면서 입만 뻥긋뻥긋할 때는 몰랐지만, 이렇게 보니 알 것 같다.

어렵게 생각할 것도 없이 노래의 감정선을 따라가면 된다.

툭툭 뱉어 내는 랩에서도 모든 파트에서 악센트를 넣지 않는다.

'Black shot' 역시 거친 리듬의 노래지만 강약 조절이 필수였다.

가볍게 넘어가는 부분에선 여유롭게 씨익 웃으며, 때로는 얼굴을 찡그렸다가 씹어 먹을 듯 노려본다.

아까보다 훨씬 더 자연스러워진 이다영의 표정 연기.

"이렇게 하는 거 맞아요?"

"와, 괜찮은데?"

차형원은 박수를 치면서 엄지손가락을 치켜올렸다.

무슨 애가 이렇게 습득력이 빨라.

어디서 강조해야 할지 포인트만 조금 알려 줬을 뿐인데, 비교도 안 될 정도로 표정 연기가 늘었다.

'애가 일단 인상도 귀엽고, 잘하면 해 볼 만하겠는데?'

다행히 하면 느는 노력파인 모양이었다.

차형원은 흐뭇하게 웃고 있다가 신서진을 돌아보았다.

사실 이다영의 습득력도 습득력이지만, 신서진에게 궁금한 게 있었다.

아까 신서진이 'Black shot'을 췄을 때 무언가 말로 표현할 수 없는 기이한 끌림이 있었다.

이상하게 한 번 더 시선이 가는 스타일이라고 해야 하나?

서하린처럼 대놓고 끼를 부리는 것도 아니고, 이유승처럼 춤을 화려하게 추는 것도 아닌데······.

괜히 데뷔조에 뽑힌 게 아니라는 듯, 신서진에게는 계속 눈길이 갔다.

신서진이 이다영과 연습하는 동안, 차형원은 그 이유를 알 것도 같았다.

춤과 노래에서 느껴지는 바이브가 미묘하게 다르달까.

"서진아, 이건 내가 개인적으로 궁금한 건데."

"네."

"가만 보면 네가 안무할 때 특유의 분위기가 있단 말이야."

차형원은 신서진을 돌아보며 물었다.

"나름의 노하우··· 그런 게 있나?"

가령 방금 전처럼 포인트를 읽는 법이라든가, 나름의 전략이라든가.

그런 것이 있을 거라 생각했다.

그런데······.

"얼굴이요."

응?

뭐지, 이 당당함은?

찬물을 끼얹은 듯한 싸늘한 공기가 연습실에 내려앉았다.

"분위기는 얼굴에서 나오는 게 아닐까요."

말 같지도 않은 소리가 묘하게 설득력이 있다.

망할.

차형원은 인상을 찌푸리며 인정했다.

"…맞는 말이네."

*　　　　*　　　　*

시계의 시침은 그렇게 두 시로, 세 시로…… 마침내 새벽 네 시를 가리키게 되었다. 녹초가 되어 버린 이다영이 어기적거리며 연습실 바닥에 널브러졌다.

세 시간 내내 구른 건 신서진도 마찬가지다.

하지만, 저 독한 이다영은 그사이에 단 10분도 쉬질 않았다.

오죽하면 차형원이 먼저 나가떨어질 정도였다.

'한 번 더 알려 주세요.'

'서진아, 이거 맞아?'

'잠, 잠깐만요. 이거 봐주실 수 있어요?'

그렇게 낯을 가리던 애가 이젠 먼저 신서진과 차형원을 붙들어 댄다. 아예 질릴 정도로 쉬지 않고 물어 왔다.

이전의 이다영을 생각하면 같은 사람인가 싶을 정도의 발전이었다.

적당히, 남들 민폐 끼치지 않을 정도로만.

악바리 같은 모습과는 거리가 멀었던 이다영이다.

이렇게 모든 걸 다 쏟아붓고 나서, 땀이 비 오듯 흐르는 모습을 보니 조금 낯설다.

신서진은 피식 웃으며 이다영에게 말을 걸었다.

"되게 열심히 했나 본데?"

이다영은 숨을 헐떡이며 대답했다.

"…너는 쌩쌩하네. 체력… 부러워……."

"그야, 나는 타고난 것이니……. 어쨌든, 할 만한가?"

연습을 시작하기 전까지만 해도 모든 걸 포기한 사람처럼 풀이 죽어 있던 녀석이다.

제대로 걷지도 못할 정도로 연습을 했으면 진작에 피곤해서 뻗었어야 하는데, 이다영의 눈빛은 오히려 오전보다 훨씬 생기가 넘쳐 보였다.

이 바닥에 흘린 땀만 해도 탈수가 와도 이상하지 않을 지경인데.

이다영은 생명수 같은 물 한 잔을 꼴깍꼴깍 비우면서 살며시 웃었다.

어제부터 지금까지.

한 번도 웃질 못했다.

처음에는 좌절하다가, 그다음엔 포기했다가.

오늘은 악에 받쳐 연습하다가…….

물맛도 제대로 못 느끼며 정신없는 하루를 보냈다.

이다영은 자신을 돌아보는 신서진을 빤히 응시했다.

한 가지는 확실해서였다.

자신은 역시 이 일이 좋았다.

이게 아니면 다 의미가 없을 것 같았다.

그렇게 생각하고 나니, 웃으며 말할 수 있을 것 같다.

이다영은 입가에 미소를 띤 채 소심하게 말을 뱉었다.

"그래도 나, 조금 후련해졌어."

"왜?"

"안 되더라도 최선을 다한 것 같아서."

그럼 된 거 아닐까.

이다영은 신서진에게 대답하며 웃었다.

$*$ $*$ $*$

연습은 다음 날까지 이어졌다. 연습하는 모습만 살짝 보고 간다던 차형원은 의외로 촬영까지 도와줬고, 1층의 소극장 무대에서 첫 번째 커버 영상을 찍게 되었다.

올 초에 신서진이 '하늘 바다'를 부르며 이영상을 찍어 눌렀던 바로 그 장소. 서울예고답게 널찍한 학교 소극장에 잘 가꾸어진 화단을 배경으로 영상이 담겼다.

덕분에 영상미도 괜찮게 나왔다.

커버 영상 전문가 차형원도 단번에 고개를 끄덕였다.

애들 표정도 좋고, 안무 합도 딱딱 맞고.

짬 내어서 연습한 것치곤 상당한 결과물이다.

'그냥 이대로 올리면 되겠다.'

그렇게 첫 번째 영상을 찍은 뒤 일주일.

다른 멤버들은 물론이고 이다영까지, 모두가 눈코 뜰 새 없이 바쁜 시간이었으나 커버 댄스 연습은 쉬지 않았다.

영상을 하나만 올릴 수는 없으니까 다른 것도 준비해 봐야지.

〈Black shot〉부터 시작해서 에이틴으로 무대에 섰던 〈하늘 바다〉와 〈Future and past〉.

거기에 더해 차형원의 추천곡들까지.

알고 있는 음악의 폭이 좁은 신서진에게도 다양한 스타일의 곡들을 접할 수 있는 경험이었다.

그렇게 찍은 영상들은 의외로 편집에 소질이 있던 최성훈이 다듬고 있었고, 유민하가 너튜브 계정까지 만들면서 일은 일사천리로 진행이 되었다.

첫 번째 영상을 올리기만 하면 되는 상황.

거기서 변수가 생기고 말았다.

데뷔조 애들이 웬 영상을 찍고 다닌다는 소문이 SW 엔터 한성묵 팀장의 귀까지 들어갔기 때문이었다.

SW 엔터의 사무실.

한성묵 팀장은 평상시와 달리 상기된 목소리로 보고를 들었다.

"애들이 영상을 찍어서 너튜브에 올린다고? 그게 무슨 말도 안 되는 소리야?"

그 정도의 대형 사고를 칠 생각이면 미리 언질이라도 줬어야 했는데, 전혀 들은 바가 없다.

"무슨 바람이 들어서 너튜브야. 하, 이것들이……."

한성묵 팀장은 소식을 듣자마자 미간을 찌푸렸다.

이미 데뷔조까지 온 애들이 조회수 좀 끌어 보겠다고 상식 밖의 행동을 했을 리는 없을 터.

여러 가능성을 점쳐 보던 한성묵 팀장의 머릿속에 떠오른 사람이 하나 있었다.

"이다영 때문인가?"

그렇잖아도 주영준 선생이 찾아왔었다.

데뷔조에 불합격한 이다영 학생에게 한 번 더 기회를 달라는 말.

기존 에이틴 멤버 중 이다영만 데뷔조에서 탈락한 사실이, 녀석들에겐 퍽 충격으로 다가온 모양이었다.

당연하지만 SW 엔터에선 단칼에 거절했었다.

팀워크가 좋다는 이유만으로 예정에 없던 학생을 데뷔조에 끼워 넣을 이유도 없고, 이다영이 그만한 역량을 가졌는지 의문이 들었기 때문이었다.

그때, 주영준 선생이 왠지 싸한 말을 했었더랬다.

'이유는 곧 증명해 오겠습니다. 2주만 기다려 주시죠.'

당시에는 코웃음치며 수화기를 내려놓았었는데…….

그 증명이 이거였다?

애들도 아니고 상의 없이 이런 대형 사고를 친다고?

"하아, 돌겠네. 이 인간이 진짜……."

괜히 일이 커지면 곤란하다.

한성묵 팀장은 짜증을 내며 수화기를 낚아챘다.

지금 당장 주영준 선생에게 연락하기 위함이었다.

아니, 그 전에.

한성묵 팀장은 수화기를 내려놓고선 다급히 외쳤다.

"애들 어딨어? 애들 좀 불러 와!"

아무래도 사고 친 당사자들부터 만나야 했다.

　　　　*　　　　　*　　　　　*

　정적이 감도는 사무실.

　계약서를 쓸 때 잠깐 봤던 얼굴이 자리를 안내했다.

　SW 엔터 신인 개발 팀의 한성묵 팀장. 전에는 환하게 웃고 있던 사람이 오늘은 왜인지 차갑게 굳어 있다. 무슨 일로 불렀는지는 말 안 해도 알 듯하다.

　도둑이 제 발 저린다고, 전원 고개를 푹 숙인 채 한성묵 팀장의 눈치를 살폈다.

　물론, 신서진은 그 와중에도 고개를 빳빳이 들고 여유롭게 생글거리고 있었지만 말이다.

　보다 못한 한성묵 팀장이 싸늘하게 말을 뱉었다.

　"너네가 지금 웃을 때야?"

　아직 데뷔도 안 한 애들이 벌써부터 무슨 배짱으로 이러는 건지 알 수가 없다.

　한시은 정도 되는 뒷배경이라면 이해하겠으나…….

　"신서진."

　"네?"

　"데뷔조 들고 나니까 벌써 뵈는 게 없어? 뭘 믿고 이런 사고를 쳤어?"

　반성의 기미가 도무지 보이지 않는 해맑은 얼굴 탓에 화살은 신서진에게로 돌아갔다.

　신서진은 한성묵 팀장의 말을 곱씹다가 천천히 입을 뗐다.

　"일단 시력은 멀쩡하고요. 믿는 건, 으음……. 이다영을 믿었는데요."

"뭐?"

"그다음으로는 저를 믿었습니다."

사실 연예계의 복잡한 원리 원칙 따위 모른다.

서하린이 주저리주저리 말해 줬던 것 같긴 한데…….

데뷔할 예정인 자신들이 이다영과 같이 너튜브 영상을 올리는 걸 SW 엔터가 허락할 리가 없다나?

개인 SNS를 쓰는 것도 원래는 안 된다나?

그런데.

말한다고 그걸 들어 먹으면 신서진이 아니지.

신서진은 한성묵 팀장을 바라보며 당당하게 말했다.

"제 눈을 믿었습니다. 많은 시간이 필요한 것도 아니고 겨우 2주예요. 그 안에 걔가 데뷔조에 꼭 필요한 애가 되어 있을 거란 확신이 있었거든요."

그만한 작곡 실력에, 웬만한 건 다 잘하는 올라운더이고.

귀여운 인상의 얼굴이라 비주얼적으로 다른 멤버들과 인상이 겹치지 않는다.

등등 전문적으로 접근하자면 그렇게 설명할 수 있었겠지만…….

사실은 감이다.

'이다영은 작곡을 잘하지.'

아니, 서하린의 표현을 빌리자면…….

'이다영은 작곡을 존나 잘하지.'

저 나이에 그만큼 곡 쓰는 애가 몇이나 될까 싶을 정도로, 이다영은 편곡과 작곡에 두루두루 능숙하다. 하지만, 그뿐이 아니다.

회사에서는 괜찮은 작곡가를 붙여 오면 그만이라 생각할지 몰라도. 이다영만큼 에이틴의 색깔을 이해하고, 그에 맞는 곡을 써 올 수 있는 인재는 없다.

에이틴을 위해서라도, SW 엔터를 위해서라도.

이다영은 잡아야 하는 인재라 확신했다.

그렇기에 지금 한성묵 팀장의 말이 조금도 귀에 들어오지 않았다.

"친구랑 같이 데뷔하고 싶은 마음은 안다만, 그런 건 너네가 판단하는 게 아니야. 여기 사람들이 연습생 한둘 봤는지 아냐? 방출되는 애들 중에 조금 더 하면 되겠다, 싶은 애들 분명히 있었어."

하지만, 그런 애들을 다 데리고 있을 수는 없다.

그랬으면 SW 엔터 연습실이 진작에 가망 없는 연습생들로 꽉 꽉 찼겠지.

"우리는 되겠다, 싶은 애들이 아니라 현재 완성형인 애들을 뽑는 거야."

그 기준으로라면 최성훈과 이다영이 가장 간당간당했다.

그중에서 최성훈을 선택한 이유는 딱 하나.

인기였다.

춤과 노래가 애매하면 인기라도 확실히 많아야 하고.

다 애매하면 끼라도 넘쳐야 한다.

한성묵 팀장은 지극히 현실적인 이야기들을 입 밖으로 꺼냈다.

"2주 동안 열심히 연습해서 내 눈에 찰 정도로 노래랑 춤이 늘었다 치자. 끼는 타고나는 거다. 유민하?"

"네?"

"내가 2주 주면 서하린처럼 표정 싹 바꿔서 무대 할 수 있어?"

"……"

"이유승."

"네."

"너는 2주 주면 유민하처럼 노래 잘 부를 수 있어?"

"아니요."

사무실에 다시 차가운 공기가 내려앉았다.

한성묵 팀장은 다시 신서진을 돌아보며 이 계획의 허점을 지적했다.

"너네가 영상 찍어 와서 조회수 끌어모으면 우리가 이다영 데뷔를 재고할 거다, 그렇게 생각한 거 맞아?"

유민하가 기가 죽은 얼굴로 고개를 끄덕였다.

"그게 아니지. 너튜브 조회수가 몇백만을 찍든, 그 영상을 보고 나서 우리는 오히려 확신하게 될 거야. 댓글에서도 주목받는 건 너네일 테니까."

기존 영상들만 봐도 그렇다.

다른 멤버들에 비해 이다영의 언급이 상대적으로 적다.

최성훈 같은 애를 데뷔조에 빼고 가는 건 SW 엔터 측에 손해일지 몰라도, 이다영을 빼고 가는 건 대중들 역시 '아, 그냥 좀 아쉽다' 선에서 그칠 거라는 게 한성묵 팀장의 판단이었다.

"이해했지? 그러니까 일 커지기 전에 찍은 영상 내놔. 좋게 좋게 가자, 애들아."

한성묵 팀장은 신서진을 향해 손을 내밀었다.

아까부터 움찔거리는 걸 보아하니, 뒤에 휴대전화를 숨기는 듯해서였다.

그 예상이 맞았는지, 잠시 망설이던 신서진이 휴대전화를 건네었다.

"이 안에 있어요."

따박따박 말대꾸를 하던 애는 어디로 가고 웬일로 바로 협조한다.

'그래도 말귀는 잘 알아먹네.'

신서진의 별 또라이 같은 소문을 다 들었던 터라 긴장하고 있던 한성묵 팀장은 마음을 놓으며 휴대전화를 건네받았다.

사실 한성묵 팀장도 이렇게까지 말하고 싶었던 것은 아니었다.

한성묵 팀장은 한결 너그러워진 목소리로 입을 열었다.

"그래, 생각 잘했다. 너무 현실적인 얘기만 해서 미안한데, 그래도 실력 있는 애니까 다른 데 가서라도 잘할 거야. 영상은 지운다?"

"네, 마음대로 하세요."

"어디 있어? 백업해 둔 건 아니지?"

"백업은 안 해 놨어요."

신서진은 갤러리를 찾아서 한성묵 팀장에게 보여 주었다.

신서진의 말대로 이다영과 함께 찍혀 있던 영상이 저장되어 있었다.

한성묵 팀장은 한손으로 영상을 지우고선 신서진에게 휴대전화를 돌려주었다.

시끌시끌해질 뻔했는데 애들이 협조를 해 줘서 무난하게 해결되었다.

한창 연습해야 할 시간에 사무실까지 불러서 시간을 뺏었으니 어서 돌려보내 줘야 할 터.

"그래, 가 봐."

한성묵 팀장은 슬슬 가 보라며 애들에게 손짓했다.

그 순간이었다.

웅웅—.

한성묵 팀장의 주머니가 진동했다. 한성묵 팀장은 별생각 없이 한 손으로 휴대전화를 들었다.

"네, 무슨 일이십……."

제법 평화롭던 분위기는 거기까지.

전화 내용을 들은 한성묵 팀장의 표정이 일그러졌다.

"야, 잠깐만."

"네?"

그대로 돌아 나가려던 최성훈은 두 눈을 동그랗게 뜨고선 눈치를 살폈다. 한성묵 팀장은 살벌한 눈빛으로 전화를 빠르게 마무리했다.

"네, 알겠습니다. 이따 다시 전화드리겠습니다."

뚝—.

전화를 끊은 한성묵 팀장의 시선은 정확히 신서진에게 꽂혔다.

"신서진?"

"네."

아까와는 비교도 안 될 정도로 딱딱해진 목소리가 말을 뱉었다.

"백업 안 해 놨다며."

"백업은 안 해 놨고……."

따로 저장을 안 해 놨다고 했지, 영상을 안 올린다고 하진 않았잖아?

신서진은 고개를 갸웃거리며 말했다.

"영상은 이미 올려 놨어요."

"뭐?"

"뭐라고?"

그 말을 들은 이유승과 최성훈의 두 눈이 동시에 동그래졌다.

유민하는 제 귀를 의심하며 다급히 휴대전화를 꺼냈다.

너튜브에 접속해서 영상을 확인해 본다.

'미친. 이걸 언제 올렸어?'

갓 올라간 따끈따끈한 영상이긴 하지만, 분명 있었다.

아까 뒤에서 꼼지락거리던 게 영상 올리고 있던 거냐고.

한성묵 팀장은 이를 악물고선 신서진을 노려보았다.

"그렇게 말했는데……. 그걸 그새 올렸어?"

"시간은 되게 충분했는데요."

아무래도 안 되겠다.

한성묵 팀장은 다급히 신서진의 휴대전화를 뺏어 들려 했다.

"니들이 제정신이야? 그거 빨리 지워!"

쏙―.

신서진은 저를 향해 뻗은 손을 날렵하게 피하고선 빠르게 로그인창에 들어갔다.

"내놔!"

스윽―.

로그아웃 버튼을 누르기까진 겨우 10초.

서하린을 설득해 너튜브 기능을 배워 두길 잘했다.

덕분에 완벽한 순발력으로 영상을 지켜 낼 수 있었으니.

"야, 신서진!"

제 임무를 완수한 신서진은 쉽게 휴대전화를 내어 주었고, 한성묵 팀장의 복장이 터지는 소리만이 사무실에 울려 퍼졌다.

"비밀번호 뭐냐고!"

"제가 기억력이 나빠서……."

"시끄럽고! 유민하, 너 알아?"

"저도 모르는데요."

"으아아악! 빨리 안 내려? 신서진, 신서진! 얘 어디 갔어!"

뒷골이 당긴다.

"아… 아악!"

결국, 한성묵 팀장은 뒷목을 잡고 주저앉아 버렸다.

*　　　　　*　　　　　*

다음 날, 에이틴 애들이 한성묵 팀장에게 불려 갔었단 소리를 들은 이다영이 아침 일찍부터 달려왔다.

이유를 알 수 없이 침울해 보이는 분위기.

이다영은 눈치를 살피며 최성훈에게 물었다.

"어떻게 된 거야……?"

"나는 별일 없었는데……."

최성훈은 신서진을 손끝으로 가리켰다.

"쟤가 사고를 아주 거하게 쳤지."

"가서 팀장님이랑 싸우기라도 한 거야?"

신서진이라면 그러고도 남았다.

물론, 실제로는 한술 더 떴다는 게 문제지만.

상황 설명은 신서진이 빠르게 정리해주었다.

한 줄로 요약하자면 이러했다.

"글쎄. 데뷔는 무슨, 국물도 없을 거니까 당장 짐 싸서 나가라 던데."

뭐, 뭐라고?

이다영의 안색이 새하얗게 질렸다.

"영상 찍는 거 때문에? 정말 그렇게 말씀하셨다고……?"

"어."

"야! 당장 가서 싹싹 빌어. 아니, 필요하면 내가 가서 대신 빌 게. 같이 가자. 빨리!"

긁적긁적.

신서진은 태연하게 이다영을 바라보았다.

"어차피 그렇게 말만 하고 안 잘릴걸?"

"뭐?"

최성훈은 머리를 짚으며 혀를 내둘렀다.

신서진의 미친 자기애는 자신도 이해할 수 없는 부분이었다.

"아까부터 저러는데 뭘 믿고 저러는지는 모르겠더라."

"서진아, 지금 자존심 따질 때가 아닌 것 같아……"

이다영은 신서진의 팔을 붙들고선 애타게 말했다.

자신을 도와주려던 마음은 너무도 감사히 받겠지만, 자신 때문에 에이틴 멤버들이 피해를 보는 건 원하지 않았다.

당장 데뷔조에서 잘리게 생겼는데 무슨 자존심이야.

그런 거 챙길 필요 없다고.

"팀장님도 진심으로 하신 말씀은 아닐 거야. 아직 안 늦었으니까 싹싹 빌고 오자."

"야, 그게 됐으면 진작에 갔겠지. 쟤 은근 고집 장난 아니야."

최성훈은 한숨을 내쉬며 신서진을 돌아보았다.

조금의 미동도 없는 저 표정 봐라.

이렇게 말한다고 듣게 생겼나.

"이다영, 너도 포기해. 난 기도나 하련다."

"…으응?"

그러니, 기대야 할 건 이젠 이것밖에 없다.

최성훈은 이를 악물고선 두 손을 공손하게 모았다.

그러곤, 하늘을 올려다보며 중얼거린다.

신서진은 인상을 찌푸리며 물었다.

"뭐 하냐?"

"신한테 기도 중이다."

"왜 그쪽을 보고 해?"

자신을 보고 하라는 듯 가리키는 손짓.

최성훈은 짧게 혀를 차고선 다시 두 눈을 감았다.

"남은 건 너튜브밖에 없어. 너도 그렇고 이다영도 그렇고. 이렇게 된 이상 조회수라도 잘 먹어야 비벼 볼 구석이 있는 거야."

그러니 알고리즘의 신한테 기도해야 했다.

"한 번만 알고리즘 타면 이건 무조건 뜨거든? 야, 너도 기도해. 그 팀장한테 싹싹 빌 바엔 알고리즘 신한테 비는 게 낫지."

"여러모로 신성모독이군."

"잔말 말고 빨리 해!"

최성훈은 신서진을 떠밀며 재촉했다.

"사고는 네가 쳤잖아, 이 자식아!"

                    *   *   *

같은 시각, 신인 개발 팀의 사무실.

잠시 자리를 비웠던 이한나 이사가 뒤늦게 사무실에 복귀했다.

그녀가 가장 먼저 전해 들은 소식은 신서진을 비롯한 에이틴 멤버들의 대형 사고 소식이었다.

이한나 이사는 헛웃음을 터뜨리며 상황을 정리했다.

"그래서 그 또라이가 사무실을 헤집고 갔다……?"

방송에서 본 모습도 그렇고, 익히 들려온 소문도 그렇고.

범상치 않은 애라는 건 알고 있었다.

'기타 들고 날던 애가 정상은 아니었겠지.'

예능에서 딱 좋아할 법한 그런 특이한 애.

거기에 잘생겼지, 논란 없지, 실력까지 좋으니 SW 엔터에서 탐낼 만한 인재였다.

하지만, 꼭 그런 애들이 한 성깔 하더라고.

한성묵 팀장의 앞에서 그렇게 엿을 먹였을 줄은 몰랐다.

대형 사고라더니 정말 대형 사고가 맞긴 하네.

한성묵 팀장은 난처한 얼굴로 말을 이었다.

"그래서 아직도 영상을 못 내렸습니다. 그나마 다행인 건 아직 조회수가 얼마 되지는 않더라고요. 우선 애들을 불러서 설득을 한 번 더 해 볼 생각입니다."

"근데 또라이가 설득한다고 그 말을 들어요?"

"그건……."

이한나 이사의 지적은 옳았다.

한성묵 팀장은 난처한 얼굴로 고개를 떨구었다.

'하, 미친놈.'

비록 짧은 시간이었지만 신서진을 만나고 나서 느낀 바가 있었다.

그래, 걔가 말한다고 들을 놈은 아니긴 했다.

그렇다고 녀석이 날뛰는 걸 가만히 놔둘 수도 없으니, 한성묵 팀장은 최선의 대안을 내놓았다.

신서진이 막 나가더라도 그 옆에 애들은 일단 정상인 것 같았으니까.

"대화 통하는 애들 붙잡고 얘기해 보겠습니다."

눈치 하나는 빠릿한 유민하도 그렇고, 낄 때 안 낄 때 확실히 재는 최성훈도 그렇고.

그 두 친구들을 설득하면 어느 정도 해결될 문제라고 생각했다.

어린애들이니까 겁 좀 주면 알아듣겠지.

자신이 아는 이한나 이사라면 아마 그런 방식을 택할 것이다.

그런데.

소식을 듣자마자 난리를 칠 줄 알았던 이한나 이사가 웬일로 가볍게 웃었다.

"됐어, 냅 둬요."

"네……?"

과장 조금 보태서 SW 엔터 연습생들 중 전례 없는 대형 사고를 친 놈들인데.

이걸 가만히 내버려 둔다고?

잘못 들은 건가 싶어서 두 번이고 되물었다.

"정말입니까?"

"네. 뭐, 당장 크게 문제 되는 것도 아니고."

"문제가 될 것 같은데요?"

"말만 조금 돌겠죠."

구설수야 조금 돌겠지만, 아직 데뷔조가 확정되진 않은 상태다.

SW 엔터에서 직접 기사를 뿌린 것도 없잖아?

데뷔조 확정 이후도 아니고, 너튜브 영상 하나 올라온 걸로 큰 난리가 나진 않을 것이다.

그러니 주영준 선생의 부탁대로 조금의 유예 기간은 줘도 될 것 같았다.

애들도 저렇게 간절히 원하잖아?

한 번쯤은 들어줘야지.

"이사님이 그렇게 생각하실 줄은 몰랐는데요."

"그런가?"

확실히 자신이 그렇게 자비로운 타입은 아니긴 했다.

이한나 이사는 한성묵 팀장의 말에 가볍게 웃음을 터뜨렸다.

사실 그런 걸 다 떠나서.

이런 위험 부담을 감수하는 이유는 따로 있었다.

"솔직히 말해서 재밌잖아요."

"네… 네?"

이한나 이사는 두 눈을 반짝였다.

SW 엔터에는 없는 개또라이 연습생 타입이라.

대책 없는 것 같으면서 나름의 계획도 있고, 추진력도 있고.

찍어 놓은 영상 보니까 실력도 있다.

실력을 갖췄다고 해서 전부 주목받는 것은 아니기에, 대단한 결과물을 가져오길 기대하고 있는 건 아니지만. 이 정도라면 기회 한 번쯤은 줘도 될 것 같았다.

그때까진 신서진에 대한 판단도 보류다.

"마음은 앞서는데 능력이 부족하면 데뷔조에서도 잘리는 거고……. 능력이 되는 애면 반드시 잡아야 하니까."

기한은 주영준 선생이 요구한 것과 같았다.

"2주만 지켜보죠."

*   *   *

2주의 보류 기간이 주어졌다는 소식을 에이틴 멤버들은 전달받지 못했다.

SW 엔터 연습실에는 꼬박꼬박 출근하고 있는데, 직접적으로 별말은 없으니 마냥 불안한 상황이었다.

특히 한성묵 팀장에게 제대로 찍혔던 신서진은 사실상 데뷔조 퇴출이 아니냐는 말까지 돌았다.

그렇다고 에이틴의 분위기가 초상집은 아니었다.

"그래서 어쩌라고."

신서진은 어깨를 으쓱이며 당당하게 말을 뱉었다.

연습실에 들어설 때마다 데뷔 클래스는 물론이고 SW 엔터 소속 연습생들까지 힐끔힐끔 쳐다보는 걸 보아하니, 관심이 집중되는 건 좋은데…….

'저놈이 대체 언제 잘릴지 궁금해하는 눈빛들인데.'

그 의도가 불순한 듯하여 조금은 언짢다.

"팔다리 잡고 질질 끌려나가는 거 아니면 아직 여기 나와도 되는 거잖아?"

"그렇지."

유민하는 주먹을 꽉 쥔 채 고개를 격하게 끄덕였다.

"내가 봤을 땐 너 안 잘렸어."

"네가 봐도 그렇지?"

"응. 확실해. 잘렸으면 진작에 팀장님이 오셔서 너 나가라 하셨겠지."

나가라고는 그날 면전에서 이미 듣긴 했는데…….

신서진이 고개를 갸웃거리자 최성훈이 말을 얹었다.

"아니야. 너 절대 안 잘렸어. 네가 만약 진짜 그 자리에서 잘렸다? 계약서부터 찢었겠지. 쫙쫙, 찢고서 얼굴에 팍— 던지는 거. 야, 뭔지 알지?"

"요즘은 그렇게 안 한다니까."

"얘가 드라마를 너무 많이 봤어."

"…그래?"

겨우 한마디 했을 뿐인데 사방에서 지적이 쏟아진다.

최성훈은 손바닥을 펴 보이면서 한 걸음 뒤로 물러섰다.

"무리수였다, 인정."

어찌 되었건 신서진의 말대로 질질 끌려나간 것이 아니니 당분간은 여기서 꾸준히 눈도장을 찍기로 하였다.

물론 천천히 죽어 나가는 중이다…….

서울예고의 데뷔 클래스와는 비교도 안 되는 하드한 커리큘럼.

거기에 틈틈히 너튜브에 올라갈 영상까지 준비한다는 것은 밤을 새도 모자랄 스케줄이었다.

서하린은 유독 피곤해 보이는 최성훈에게 물었다.

"어제도 못 잤지?"

서하린을 포함한 에이틴 멤버 전원이 촬영하고, 그 영상을 편집해서 올리는 건 여전히 최성훈의 몫이었다. 할 일이 가장 많은 축에 속했으므로 체력이 떨어지는 것도 어쩔 수 없다.

"네가 봤을 때 우리 잘돼 가고 있는 것 같아?"

"글쎄. 일단 되는 대로 올리고 있긴 한데, 생각만큼 조회수가 잘 뽑히진 않더라고."

단체 커버 댄스 영상 3개를 올렸고, 기대했던 수준의 폭발적인 반응은 없었다.

하지만, 미약하게나마 꾸준히 늘어나는 조회수와 댓글에 완전 희망을 놓진 않았다.

그래서, 신서진과 최성훈이 마지막으로 기획한 영상이 하나 있었다.

최성훈은 그새 보컬 연습에 들어간 유민하를 다급히 불렀다.

"야, 유민하! 우리 오늘 준비해야 하는 거 알지?"

"어, 다영이?"

신서진이 꼽은 히든카드.

바로 이다영의 단독 촬영 영상이었다.

어설프게 춤 커버만 하고 나가는 게 아니라, 기왕이면 자작곡으로.

이다영의 장점을 최대한 살릴 수 있을 만한 컨셉으로 가 보자는 계획.

거기에 한 사람이 더해졌다.

"야, 신서진. 너도 찍어."

"응?"

신서진은 갑작스러운 유민하의 말에 두 눈이 휘둥그레졌다.

"듀엣곡으로 가. 다영이한테 이미 말해 놨어."

"어쩌다가 결론이 그렇게 된 거지?"

신서진의 인지도를 생각하면 이다영 단독보단 둘이 찍는 편이 낫고.

그게 그림도 더 좋고.

애초에 신서진의 의견이기도 했고…….

그런 이유들은 다 차치하고라서라도, 사실 진짜 이유는 따로 있었다.

한성묵 팀장에게 찍혀도 거하게 찍힌 상황.

유민하는 신서진의 어깨 위에 손을 올렸다.

"내가 봤을 땐 네 코가 석 자야."

"저런."

"그러니까 빼지 말고 너도 찍어."

유민하는 촌철살인에 가까운 말을 던지며 신서진을 떠밀었다.

*　　　　*　　　　*

서을예고 근처에 위치한 스튜디오.

그간 대부분의 커버 영상을 서을예고 내에서 직접 촬영했다면, 오늘은 특별히 스튜디오까지 대여했다.

대여료의 한계로 근사하고 널찍한 스튜디오를 잡진 못했으나. 아기자기한 풍경의 이곳도 나름의 매력이 있었다. 사진관처럼 로맨틱하게 꾸며 놓은 벽이 배경으로 잡히니 카메라에는 생각보다 더 예쁘게 나왔다.

한참 동안 분주하게 뛰어다닌 끝에 세팅을 마쳤다.

유민하는 만족스럽게 웃으며 손뼉을 쳤다. 그녀의 옆에는 최성훈이 팔짱을 낀 채 서 있었다.

"다영이 오늘 의상 괜찮지 않아?"

"이야, 아예 다른 사람이 됐는데?"

교복 패션 외엔 항상 흰 면티에 청바지. 꾸밀 줄 몰랐던 애한테 화사한 노란색의 원피스를 입혀 놓으니 분위기부터 아예 다른 사람이 되었다. 유민하의 손길이 닿은 것은 비단 이다영만이 아니었다.

신서진이 이쪽을 돌아보며 머리를 긁적였다.

밝은 색 청재킷에 깔끔한 흰색 바지.

베이직한 옷차림에 머리를 조금 만져 놨더니 가뜩이나 튀는 얼굴이 오늘따라 더 빛나는 듯하다.

입만 다물고 있어도 사람이 달라 보인다.

촬영을 도와주러 온 스튜디오 실장은 오자마자 탄성을 터뜨렸다.

"와, 무슨 뮤직비디오 촬영이여?"

"그런 건 아니고, 그냥 기타 치고 노래하는 거 가볍게 찍을 거예요."

"그래요? 가만히 앉아 있어도 그림이네. 되게 잘 어울린다."

둘 다 둥글둥글한 얼굴 상이라 그런지, 실장의 말대로 카메라에 담기는 합이 꽤 괜찮았다. 노래 안 부르고 가만히 앉아만 있어도 조회수가 오를 것 같은 그림.

하지만, 본업은 해야 하기에 이다영은 주섬주섬 기타를 꺼내 조율을 시작했다.

팅— 팅—.

이다영은 기타에 온 정신을 집중하기 시작했고.

신서진은 스튜디오를 구경하느라 여념이 없어 보였다.

그사이 조율을 마친 이다영이 손을 들었다.

"저, 준비됐어요……!"

그 신호에 스튜디오 실장이 카메라를 잡았다.

"자, 촬영 시작하겠습니다!"

그 순간, 유민하가 다급히 끼어들었다.

"잠, 잠깐만요!"

그림 좋고 다 괜찮은데.

유민하는 뻘쭘한 자세로 마주 앉은 신서진과 이다영을 보며 손사래를 쳤다.

왜 공손한 자세로 두 손을 모으고선 묵념하고 있는 건데.

지금 맞절하는 거냐고!

"너무 어색해. 어떻게 좀 해 봐!"

"…그래?"

"좀 더 가까이 가 봐. 얼굴도 조금 붙여서!"

"응!"

신서진은 유민하의 뜻을 즉각적으로 반영했다.

획—.

이다영의 코앞에 냅다 얼굴을 들이민 것이다.

부담스러울 정도의 거리에서, 신서진이 태연하게 두 눈을 끔뻑이며 물었다.

"이거 맞나?"

"…허업!"

저런.

"애 놀랐잖아!"

심약한 이다영은 그대로 뒤로 고꾸라질 뻔했다.

"깜… 깜짝이야."

이런 식의 작위적인 구도는 글러먹었다.

유민하는 예리한 눈썰미로 황급히 이것저것 오더를 내리기 시작했다.

"서진아, 손 어정쩡한 위치에 두지 말고."

"이다영! 기타 칠 때처럼 편하게 해!"

"이다영! 편하게 하라는 게 땅만 보라는 게 아니야!"

"방금 괜찮았어. 그대로 한번 찍어 보자!"

유민하의 지시 덕에 일사천리로 자리를 잡았다.

아까의 숨 막힐 듯 어색한 분위기는 사라지고, 제법 자연스러운 구도가 잡혔다.

듀엣곡을 찍어 올리는 건 처음이라, 긴장되는 것은 모두가 마찬가지였다.

스튜디오 전체에 내려앉은 고요한 정적.

준비를 마친 이다영이 최종 싸인을 보냈다.

"그럼 찍는다."

실장님의 한마디에.

이다영이 기타를 튕기기 시작했다.

Chapter. 5

이다영의 드라이브에는 그녀가 만들어 뒀던 자작곡이 많았다.

작곡이 취미였고, 꿈이었고, 특기였던 이다영이다.

수많은 자작곡 중에 이다영이 선곡한 곡은 'drive' 라는 듀엣곡이었다.

가볍게 들을 수 있는 어쿠스틱한 분위기의 노래.

기타 선율 위로 이다영의 부드러운 목소리가 얹어졌다.

유민하보다 조금 더 성숙한 면이 있는 목소리.

이다영의 성격만큼이나 차분한 음성이 스튜디오 내로 깔끔하게 울려 퍼졌다.

처음이야 이 정도로 떨렸던 적은 없어

발아래의 진동
페달을 밟고 앞으로 달려

마이크를 잡은 신서진이 낮게 깔린 목소리로 화음을 넣었다.

스치는 바람 그 공기마저 시원해
이 심장의 떨림
핸들을 잡고 너에게 달려

촬영 시작 전만 해도 어색하게 자리를 잡았던 둘이다.

하지만, 노래가 시작되자마자 마치 언제 그랬냐는듯 완벽히 합을 맞추기 시작했다.

깔끔한 이다영의 음성과 부드러운 신서진의 목소리가 어우러 지면서.

더없이 상쾌한 노래가 탄생했다.

노래 제목 그대로의 드라이브.

차창 밖으로 바람을 쐬며 달리는 것처럼, 신서진은 두 팔을 흔들거렸다.

이다영은 밝게 웃으며 템포를 올렸다.

본 적 없는 paradise
그 어디든 난 닿을 수 있어
오래 걸리지 않아
I' ll drive to you

너무 빨라 도망가 버릴까 봐
네 손을 놓을 수 없어
도착지는 코앞이야
I'll drive for you

두 사람은 서로를 마주 보며 고개를 까닥였다.

촬영을 하고 있다는 사실도 잊을 만큼 마냥 신이 나서.

기타 반주에 그대로 몸을 맡겨 버렸다.

단둘이서 듀엣곡을 불러 본 적이 없음에도, 오랜 시간 동안 합을 맞춰 온 경력은 어디 가지 않는다. 신서진은 본능적으로 이다영의 목소리와 가장 어우러질 화음을 찾아내었고, 비로소 완벽한 듀엣이 완성되었다.

기타와 목소리.

이 무대 위에 있는 것은 고작 그 두 개뿐인데 조금의 빈자리도 느낄 수 없었다.

알고 있어 이 정도로 신났던 적은 없어
멈추지 않아
페달을 밟고 앞으로 달려

"…와."

보는 사람마저 함께 즐거워지는 노래.

당장 음원으로 내도 좋을 만큼 수준 높은 자작곡과 그 곡을 완벽히 소화해 낸 두 사람의 듀엣.

도착지는 코앞이야
I'll drive for you

이윽고, 두 사람이 마이크를 내려놓은 순간.

스튜디오 내로 박수 소리가 터져 나왔다.

별생각 없이 사진을 찍으러 왔던 사람들조차 어느샌가 할 일을 멈추고 이곳을 보고 있었다.

몰랐다.

생각보다 많은 관심을 끌고 있었다는 걸.

"대박… 대박!"

"노래 좋은데?"

"얘들아, 너네 소질 있다야."

"무슨 영상 찍는지 몰라도 잘되겠다."

전문 스튜디오는 아니었기에 음악을 보는 눈은 없어도 사람이라면 듣는 귀가 있는 법이다. 실장은 잔뜩 흥분한 목소리로 신서진에게 말을 걸었다.

"이야, 무슨 연예인 같은 거 준비해요? 당장 가수 해도 되겠는데?"

"비… 슷합니다."

"비슷해? 아이돌 같은 거야? 이거 싸인 받아 놔야겠어. 어, 형준아. 펜 좀 가져와 봐라."

실장의 능청스러운 칭찬에 웃음소리가 터져 나왔다. 기타를 들고 내려온 이다영은 부끄러운지 발그레해진 볼로 연신 고개를 숙였다.

실장은 그런 이다영에게도 칭찬을 건네었다.

"노래 좋던데요?"

"자작곡이래요. 얘가 직접 작곡한 거."

친구 자랑은 빼놓지 않는다. 유민하는 이다영의 옆구리를 찌르며 웃었고, 오히려 실장은 그 말에 더 놀란 눈이 되었다.

아까까진 노래 진짜 잘한다.

대박인데?

얘네 되겠는데?

정도의 놀라운 감상이었다면…….

"이… 이 노래를 너네가 썼다고?"

이젠 대놓고 반말이 튀어나왔다.

흥분해도 너무 흥분해 버렸다.

"너야?"

"네."

"너 혼자서 썼어?"

"네에……."

이다영은 두 눈을 굴리며 실장의 눈치를 살폈다.

노래가 너무 좋아서 무슨 노래냐고 물어볼 생각이었는데 이게 자작곡이었다니.

요즘 애들의 재능이란 알다가도 모르겠다.

"너네 예고 이런 거 다녀?"

"네, 서울예고…….'"

"아, 그래서 그렇게 얘나 쟤나 다 잘생겼구나."

어쨌든 납득이다.

"그래서 노래도 잘하는 거고."

"……."

"심지어 곡도 잘 쓰고!"

숨 막힐 정도로 이어지는 칭찬의 릴레이.

이다영의 얼굴은 붉게 달아오르다 못해 곧 터져 버릴 것 같았다.

유민하는 이다영의 얼굴을 보며 쿡쿡 웃었다.

저러다간 쓰러질 것 같으니, 아무래도 구해 줘야 할 것 같다.

"저 실장님?"

"어……? 아, 미안하다."

실장은 흥분을 가라앉히며 유민하를 돌아보았다.

유민하는 영상을 손으로 가리키며 화제를 돌렸다.

"이거 그대로 써도 될까요?"

"어우, 당연하지!"

한 번 더 촬영할 필요도 없다.

실장은 엄지손가락을 치켜세우며 말을 뱉었다.

"이거, 첫 번째 거로 바로 갑시다!"

*   *   *

싸인 해 주고 가라는 게 농담일 줄 알았지.

나중에 자기 딸이 좋아하는 아이돌이 될지 누가 아냐면서 실장은 결국 싸인을 받아 갔다.

최성훈처럼 호들갑을 떠는 성격이었던 것 같지만 그래도 싫지 않았다.

자신이 이렇게 주목받은 적이 있었던가?

이다영에겐 그 사람의 칭찬이 너무 소중했다.

데뷔조 탈락 이후 잔뜩 떨어져 있던 자신감이 다시 생기는 기분이다.

물론 그것과는 별개로…….

'으아, 기 빨려.'

내향형인 이다영에겐 상당히 힘든 스케줄이었다.

때문에 촬영이 끝나고 돌아왔을 때는 이미 녹초가 되어 있었다.

점심시간 이후, 방학이라 평상시보다 한가해진 연습실. 이다영은 무거운 몸을 이끌고 연습실에 도착했다.

너무 조용하길래 아무도 없을 줄 알았는데.

보컬 연습실 문을 열고 한 사람이 나왔다.

3학년의 강민채 선배였다.

늘 밝게 웃는 상인 강민채가 이다영에게 반갑게 인사를 건넸다.

"어, 다영아!"

"선배님……!"

낯을 가리는 이다영은 여느 때처럼 어색한 눈웃음을 지으며 고개를 숙였다.

같은 데뷔 클래스 출신이자 불과 일주일 전 교무실에 나란히 불려 갔던 사이. 짧은 머리를 질끈 묶은 강민채는 오늘도 기분이 좋아 보였다.

JS 엔터와 계약 후 데뷔조에 들어갔다는 소식은 들었는데, 밝아 보이는 얼굴을 보니 순탄하게 데뷔 준비 중인 모양이었다.

"연습은 잘하고 있어?"

"네, 열심히 하고 있어요. 선배도 데뷔 준비… 잘하고 계시죠?"

"응, 나야 그렇지."

이다영의 조심스러운 물음에 대수롭지 않게 답하던 강민채는 갑자기 멈칫했다.

"아, 맞다. 다영아."

"네?"

"하마터면 까먹을 뻔했네. 되게 중요한 얘기였는데."

"네? 뭔데요?"

사실 데뷔 클래스에서 가끔씩 얼굴을 비췄을 뿐, 친하게 말을 섞었던 사이는 아니었다. 자신을 불러 세운 강민채의 심상찮은 말에 이다영은 의아해졌다.

그것도 잠시, 그녀의 입에서 나온 얘기는 이다영이 예상치도 못한 것이었다.

"조승현 팀장님이 너 좋게 보시던데."

"조승현… 팀장님이요?"

어디서 많이 들어 본 이름이다.

그 이름을 생각해 내기까지는 그리 오랜 시간이 걸리지 않았다.

몇 번 서울예고에 모습을 비췄던 JS 엔터 팀장 조승현.

그 사람의 입에서 제 이름이 나왔다고?

"어, 네 영상도 보셨나 봐."

아직 업로드되지 않은 듀엣 영상은 보지 못했을 테니, 너튜브에 올라갔던 3개의 단체 영상을 봤던 것 같았다. 이다영은 뜻밖의 영광에 쭈뼛거리며 대답했다.

워낙 표정에 티가 나지 않아서 그렇지, 대놓고 기뻐하는 중이었다.

"너무… 감사하다고 전해 주세요."

"그건 직접 전해."

"네… 네?"

"팀장님이 너한테 관심 있는 것 같다니까? 이 기회에 JS 엔터 한번 들어가 보는 거 어때?"

"제가… 거기를요?"

지푸라기라도 잡고픈 심정일 이다영에게는 상당히 혹할 제안이었다.

이를 모를 기획사도 아니고, SW 엔터와 규모 면에선 큰 차이가 없는 대형 기획사의 스카우트 제의라니.

"응, 너 데려오고 싶어 하던데. 진짜야."

강민채는 한번 생각해 보라며 말을 덧붙였다.

"데뷔조로 바로 들어가는 건 아니겠지만, 열심히 하면 데뷔하게 될지도 모르잖아."

데뷔조 전원이 확정된 상황도 아니다.

경쟁자가 될지도 모르는데 선뜻 이런 얘기를 해 주는 것부터가 너무 고마울 지경이었다.

평생 돌아오지 않을지도 모르는 기회.

잡아야 한다는 생각이 앞섰지만, 잠시 고민하던 이다영은 고개를 저었다.

"진, 진짜 죄송한데요……. 2주만 시간을 주세요."

"응?"

강민채는 놀란 눈을 크게 떴다.

예상하지 못했던 대답이었기 때문이었다.

그새 다른 기획사의 제의라도 받았나?

당장 계약서에 싸인해도 모자랄 판에 이게 무슨 소리인가 싶었던 순간.

이다영이 입을 떼었다.

"남은 2주 동안 최선을 다해 볼 생각이라서요."

"2주? 그게 뭔데?"

"저, 친구들이랑 함께 데뷔하고 싶어요."

말도 안 되는 소리라는 건 알고 있다.

가망 없는 희망 고문에 붙들려 있다는 것 또한, 알고 있다.

현실적인 성격의 유민하가 들었다면 등짝 스매싱부터 날아왔겠지.

멍청아, 그걸 왜 놓치냐고.

하지만.

그냥 왠지 그러고 싶었다.

할 수 있는 한 최선을 다해 보고 싶었다.

"저 2주만 더 해 볼게요."

이다영은 후회 없이 웃었다.

같은 시각, SW 엔터의 신서진.

오전에는 영상 촬영에, 갔다 오자마자 보컬 연습과 춤 연습을
연속 두 탕을 뛰었다.

그렇다고 어제 밤에는 쉬었냐고?

어제도 늦게까지 연습하느라 한숨도 못 잤다.

신의 체력으로도 꼬박 몇 날 밤을 새는 건 무리였다.

빈말 아니고, 정말 졸려 죽을 것 같다.

그런 이유로 연습을 하다 말고 편의점에 들른 것이었다.

정신을 좀 차려 보려고 편의점에서 마실 걸 사 왔다.

신서진은 이온음료를 한 손에 들고선 엘리베이터에 탔다.

띠링─.

마침 타이밍 좋게 도착한 엘리베이터의 문이 열렸다.

신서진은 옷소매로 눈을 비비며 별생각 없이 그 안에 발을 들
였다.

그 순간, 머리 위로 드리우는 불길한 그림자.

"어?"

신서진은 익숙한 얼굴을 발견하고는 멈칫했다.

"신서진?"

맙소사.

"서울예고 그 친구 맞지?"

트레이드 마크처럼 늘 입고 있는 **빳빳한** 가죽재킷에 치켜올린

짧은 머리.

능청스러운 목소리까지, 한 번 만나면 잊을 수 없는 인상의 사람이다.

'리필 앤 리필'의 안다운.

여기서 또 만나 버렸다.

'왜 여기 있는 거지?'

'SW 엔터 사람이었나?'

신서진은 복잡하게 머리를 굴리며 고개를 돌렸다.

"아."

오늘 일진 안 좋다.

같이 있는 동안 부담스러워 죽을 뻔했던 안다운 옆에는, 지금 시점에서 더 부담스러운 인간이 서 있었으니…….

하필이면 신인 개발 팀 팀장 한성묵이었다.

그렇게 튀어 놓고.

이딴 식으로 행동할 거면 데뷔조 박차고 나가라는 말까지.

영 마무리가 좋지 않았던 상대를 외나무다리, 아니, 외엘리베이터에서 만났다.

"하하하……."

망했네.

신서진은 어색하게 웃으며 한성묵 팀장을 바라보았다.

내막을 알 리 없는 안다운은 반갑다며 밝게 웃어 보였다.

저 두 조합을 보자마자 그대로 백스텝 할 생각이었다.

절대로 저 둘이랑 같이 엘리베이터를 타고 싶진 않았으니까.

그런데.

"왜 그러고 있어? 타."

"네, 감사합니다."

제길.

이제 와서 내리기엔 너무 늦었다.

　　　　　　*　　　　　　*　　　　　　*

안다운은 SW 엔터 계약 건으로 조율 중이었다.

이전에 있던 기획사와 계약 만료 시기가 되었으니, 새로운 품을 찾아 떠날 때가 되었다. 그러던 중, 전 엔터에서 친하게 지낸 터라 안면이 있는 한성묵 팀장의 소개가 있었다.

그렇게 SW 엔터와 연이 닿았고, 계약서를 쓰기 위해 SW 엔터에 들른 참이었다.

그런데, 여기서 저 애를 볼 줄은 몰랐지.

"우와, 여기서 보니까 더 반갑다."

"아……."

"나 기억하나?"

"네, 팬인 걸요."

"영혼 없이 대답하는 건 그대로인데?"

하하하.

안다운은 능청스럽게 웃으며 한성묵 팀장을 돌아보았다.

서울예고 데뷔 클래스라는 건 '리필 앤 리필'에서 만났으니 알고 있었고.

본격적으로 SW 엔터 연습실까지 들락날락거리는 걸 보면, 그

사이 데뷔조에 뽑힌 건가?

신인 개발 팀에서도 트레이닝 팀 담당인 한성묵 팀장이라면 알고 있을 터.

안다운은 그에게 은근슬쩍 물었다.

"저 친구, 데뷔합니까?"

"……"

숨 막힐 정도로 조용한 엘리베이터 안.

한성묵 팀장은 신서진을 힐끗거리며 말을 삼갔고, 신서진 역시 별말 없이 굳어 있었다.

안다운은 다시 한번 한성묵 팀장에게 물었다.

"아, 데뷔조 아니었어요? 아니면 아직 날짜가 안 나왔나?"

둘 사이의 싸한 공기를 전혀 감지하지 못한 안다운이 끼어드는 사이, 엘리베이터는 3층에 멈추었다.

한성묵 팀장은 딱딱한 목소리로 말을 뱉었다.

"…아직은 데뷔조 멤버가 확정이 안 됐습니다."

이 자리에 신서진도 있고 하니, 최대한 돌려 말하는 한성묵 팀장.

신서진의 데뷔조 퇴출이 확정된 것은 아니었지만, 한성묵 팀장은 여전히 신서진이 마음에 들지 않았다.

이한나 이사가 왜 저 건방진 태도를 재밌다며 봐주고 있는지는 모르겠지만…….

'저런 애가 나중에 연예인병까지 걸리면 더 골치 아파지지.'

띠링—.

마침 엘리베이터의 문이 열리고, 한성묵 팀장은 건조한 목소리로 말했다.

"들어가라."

"넵, 잘 들어가세요."

신서진이 나가고 엘레베이터의 문이 다시 닫힌다.

그러자마자 안다운은 두 눈을 반짝이며 한성묵 팀장을 돌아보았다.

"왜요, 형. 저 친구 데뷔조 아니었어요?"

"아까 말했듯이 아직 확정이 안 되어서……."

"뭘 더 재요? 쟤는 무조건 데뷔시켜야죠."

"…예?"

더없이 당당한 안다운의 말에 한성묵 팀장은 당황한 낯빛으로 되물었다.

둘이 '리필 앤 리필' 토크쇼에서 안면이 있었다는 것쯤은 알았다.

그래 봤자 그때 잠깐 본 사이 아냐?

하지만, 안다운의 반응은 단순히 잠깐 본 게스트에 대한 애착 그 이상을 넘어선 듯했다.

"아, 저 친구. 진짜 마음에 드는데."

그 정도라고?

아쉽다는 듯 입맛을 다시는 안다운.

그의 말에 결국 궁금함을 참지 못한 한성묵 팀장은 솔직하게 물었다.

"리필 앤 리필 때도 챙겨 주시고, 이래저래 많은 도움 주셨던 걸로 기억하는데. 특별히 이유라도 있으십니까?"

"아뇨, 이유가 어딨어요."

안다운은 고개를 갸웃거리며 말을 이었다.

"솔직히 말해서 데뷔도 안 한 신인 띄워 준다고 제가 뭐 받을 것도 없고…… 당장 쟤네가 슈퍼 스타가 될 것도 아니고……."

기브 앤 테이크가 아니라 일방적인 기브의 관계가 될 수밖에 없다.

그런데도 왠지 묘한 감정이랄까.

'리필 앤 리필' 때도 그렇고, 훗날 연예계에서 만나게 된다면 괜히 도와주고 싶은 마음이었다.

"제가 후배들한테 극진한 편은 아니거든요?"

"네, 원래 그렇… 아, 아닙니다."

"됐어요. 솔직히 그렇긴 하니까."

남한테 관심 별로 없고, 있어도 좋은 쪽으로는 아니고.

어찌 되었건 후배들을 챙기는 타입과는 거리가 먼 안다운이다.

그러나, 이번은 예외였다.

이걸 뭐라 설명하지?

잠시 고민하던 안다운은 쿨하게 결론을 내렸다.

"그냥 마음에 듭니다."

"아……. 그럴 수도 있죠."

"왜요? 팀장님은 마음에 안 드세요?"

한성묵 팀장은 갑자기 훅 들어온 안다운의 질문에 당황한 낯빛이 되었다.

뭔 일이 있었던 것 같은데.

안다운은 뒤늦게 그 미묘함을 캐치해 내고선 되물었다.

"연습생으로 들어온 지 얼마나 됐다고? 그새 무슨 사고라도 쳤어요?"

"그것은 아니고……."

한성묵 팀장이 신서진을 달가워하지 않는 것은 사실이다.

'그 싸가지…….'

엔터에 몸담고 있는 동안, 연예인병 말기의 숱한 연예인들을 봐 왔다.

하지만, 연습생 시절부터 그렇게 막 나가는 놈은 처음이란 말이지.

사실대로 말해야 하나 고민하던 한성묵 팀장은 너튜브 사건을 입에 올렸다.

같은 학교 친구 데뷔를 위해 너튜브에 단체 커버 영상을 찍어 올리겠다는 상큼한 계획에, 지우라고 좋게 말했더니 그걸 제 눈앞에서 냅다 올려 버린 사건까지.

약이 오를 대로 올랐던 당시 상황을 낱낱이 설명했다.

"…이렇게 된 겁니다."

한성묵 팀장이 신서진 앞에서 잔뜩 물 먹은 얘기를 잠자코 듣고 있던 안다운은 짧게 상황을 정리했다.

"그러니까, 걔가 팀장님 완전히 멕인 거네요?"

"제가 당하긴 했죠."

"와하하하… 골 때리네."

골 때리는 놈이라는 건 알았는데, 데뷔도 안 한 애가 배짱도 좋다.

한성묵 팀장은 그때를 회상하며 미간을 찌푸렸다.

하지만, 이미 콩깍지가 씌인 사람은 그것조차 다르게 해석한다.

"의리까지 있네."

"…네?"

안다운은 턱을 쓸어내리며 말했다.

"자기 친구 챙겨 주려고 그런 거 아니에요. 그것도 자기 데뷔까지 걸고."

안다운은 나직이 감탄을 터뜨렸다.

"와, 그렇게 안 봤는데 애가 좀 화끈하네."

"그게 그렇게 됩니까?"

"그럼요. 그렇게 볼 수도 있죠?"

"안다운 씨 말대로면 제가 나쁜 놈 되는 건데요."

"팀장님이 좋은 성격은 아니시죠."

"……."

"농담이에요."

안다운은 너털웃음을 터뜨리며 시선을 돌렸다.

얘기를 듣고 보니 올렸다는 그 영상이 궁금해지는데…….

"아, 그래서 그 영상은 뭐라고 쳐야 나와요?"

*　　　　　*　　　　　*

오늘 일진이 아주 안 좋아.

엘리베이터 안에서의 숨 막혔던 상황.

그 둘을 나란히 만난 것만 해도 하루 치 불운은 다 쓴 기분인데, 아직도 불운이 남아 있었나.

"아, 큰일 났다."

유민하는 일그러진 얼굴로 마이크를 내려다보았다.

"마이크 고장 난 것 같은데?"

이젠 하다하다 마이크까지 고장 났다.

연습이 한창인 연습실 안.

유민하는 망가진 마이크와 씨름을 하고 있었고, 기계치인 신서진은 그닥 도움이 되지 못하고 있었다.

보다 못한 최성훈이 혀를 내두르며 자리에서 일어섰다.

영상 편집뿐만이 아니라 기본적으로 기계를 잘 다룰 줄 아는 최성훈이었다.

하지만, 그런 그조차 마이크를 살피더니 백기를 들었다.

"…이거 안 되겠는데?"

대충 확인해 보니 좀 건드린다고 고쳐질 게 아닌 것 같다.

"신서진, 옆방에 남는 거 있는지 확인해 볼래?"

"내가 나갔다 올게."

마이크 두 개가 더 필요한 관계로, 신서진은 마이크를 챙기기 위해 몸을 일으켰다.

옆방에 남는 게 없으면 다른 연습실이라도 찾아가야지.

신서진은 별생각 없이 문을 열어젖혔다.

그런데.

뜻밖의 손님이 연습실 앞에서 기다리고 있었다.

어우 씨.

"…깜짝이야."

웬만해선 놀라지 않는 신서진조차 가슴을 부여잡을 뻔했던 광경.

신서진은 연습실에서 나오려다가 그대로 백스텝 했다.

문 앞에 안다운이 서 있었기 때문이었다.

이 인간은 왜 여기 있… 어?

엘리베이터에서 만난 건 그렇다 쳐도…….

여기가 지 집 앞마당인가?

이쯤 되니 좀 무섭다.

"……."

신서진의 표정이 썩어 들어가는 것도 모르고, 안다운은 해맑게 손을 흔들었다.

한성묵 팀장에게 직접 물어 여기까지 찾아온 것이었다.

"여기서 또 볼 줄이야. 낯을 가리는 건 여전하네?"

낯을 가리는 게 문제가 아니라니까.

저 선배 진짜 무서워.

부담스러워 미칠 지경인 신서진은 유민하를 향해 눈짓을 했다.

대충 살려 달라는 소리였다.

"안, 안녕하세요!"

유민하가 쪼르르 달려와서는 안다운을 향해 90도로 인사를 했다.

"어, 그래. 너도 오랜만이다."

그 와중에도 안다운의 시선은 여전히 신서진을 향해 꽂혀 있었다.

안다운은 신서진에게 물었다.

"너네 요즘 영상 찍는다면서? 그건 왜 찍는 거냐?"

"어, 어떻게 아셨어요? 혹시 저희 영상 보시기라도……."

대답을 가로챈 것은 유민하였다.

"저희 원래부터 커버 영상 찍어서 올리고 싶었는데, 더 늦기 전에 한번 해 볼 생각이었어요."

"됐어, 어차피 이유 다 알고 왔으니까."

이다영의 얘기를 굳이 언급하지 않으려 했으나, 안다운은 한 성묵 팀장에게 이미 상황을 다 듣고 온 상태였다.

"신서진, 네 생각이었어?"

"굳이 따지자면 그렇죠."

직설적인 한마디가 안다운의 입에서 튀어나왔다.

"친구 데뷔시키려고?"

"네."

"그래서 네 데뷔 걸고 이런 짓을 했다고?"

"그것도 맞습니다."

신서진의 즉각적인 대답에 안다운은 눈썹을 들썩였다.

"대단한 용기인지 답 없는 배짱인지."

얼핏 들어서는 타박을 놓는 것 같았지만 그렇다고 딱히 한심 하게 보는 것 같지도 않았다.

잠시 고민하던 안다운은 피식 웃었다.

"도와줄까?"

뭘 어떻게 도와준다는 거지?

안다운은 신서진을 향해 손바닥을 내밀었다. 눈짓을 보아하니 제 손에 들린 휴대전화를 잠시 달라는 듯하다.

"줘 봐."

신서진은 의심 가득한 눈빛으로 휴대전화를 안다운에게 건넸다.

신서진의 휴대전화를 넘겨 받은 안다운은 너튜브에 접속해서는 이것저것 뒤적거리기 시작했다.

"이게 너네가 올린 영상이야?"

"네."

영상을 확인하더니 이젠 주머니에서 제 휴대전화를 꺼낸다.

뭔가를 만지작거리는 안다운.

신서진은 그 모습을 잠자코 지켜보면서도 그가 정확히 뭘 하는지는 몰랐다.

"그게 뭐예요?"

"곧 알게 될 거다. 그때 가서 나한테 절하지 말고 미리 절해 둬라."

"……?"

신서진은 미친놈을 보는 듯한 눈빛으로 안다운을 바라보았다.

하지만, 그의 말대로 그 결과는 머지않아 알 수 있었다.

*　　　　*　　　　*

다음 날, 신서진은 유민하와 나란히 앉아 평화롭게 급식을 먹고 있었다.

무려 미트볼 스파게티와 마늘 바게트. 신서진이 가장 좋아하는 메뉴가 나오는 날이었다. 훌륭한 급식충이 되기 위해 식판 가득 스파게티를 담아 왔다.

"맛있군."

신서진은 흡족한 미소를 지으며 스파게티를 돌돌 말았다.

그렇게 한입 가득 스파게티를 후루룩 넘기려던 순간이었다.

후다다닥─.

"……!"

신서진은 잔상처럼 흩어진 실루엣에 두 눈을 끔뻑였다.

방금 뭐가 지나갔던 것 같은데.

기분 탓인가?

우당탕탕!

"신서진! 신서진! 야, 유민하! 이거 봐!"

기분 탓은 아닌 듯하다.

어디서부터 뛰어온 건지 얼굴이 새빨갛게 달아오른 최성훈이 헐떡이며 두 사람을 불러 댔다. 오두방정도 이런 오두방정이 없다.

때문에 급식실의 온 시선이 이쪽으로 집중되었다.

유민하는 짧게 제 감상을 전했다.

"쪽 팔려 죽겠다."

"밥 먹는데 이렇게까지 해야 해?"

신서진 역시 비슷한 생각이었기에 한숨을 푹 내쉬며 젓가락을 내려놓았다.

자칫하면 먹다가 체할 뻔했다.

"밥 좀 먹자."

하지만, 이토록 냉랭한 반응에도 최성훈의 호들갑은 멈추질 않았다.

"지금 밥이 넘어가? 그게 중요한 게 아니라니까?"

"밥보다 중요한 게 있을 리가 있나."

"너네 정말 못 봤어? 진짜로?"

"대체 뭔 일인데? 차분히 말해… 어?"

최성훈이 냅다 들이민 휴대전화.

그 안의 내용을 확인한 유민하는 타박을 놓으려다가 멈칫했다.

"이게 뭐야?"

*   *   *

유민하는 믿을 수 없다는 듯 최성훈의 휴대전화를 낚아챘다.

신서진은 그런 유민하의 어깨 너머로 곁눈질을 했다.

자신들이 영상을 올렸던 너튜브 화면이다.

얼핏 봐선 제대로 업로드된 멀쩡한 영상이다.

왜 그렇게 심각한 얼굴로 달려온 건가 싶을 정도로 별다른 문제가 없다.

그렇게 생각하며 다시 스파게티에 집중하려던 신서진의 젓가락이 멈췄다.

"잠깐만."

잘못 본 게 아니라면…….

그 밑에 뜬 숫자가 조금 이상하다.

서하린이 조회수라고 사전에 일러 줬던 바로 그 숫자.

신서진은 미간을 찌푸리며 조회수를 다시 확인했다.

어제까지만 해도 1,000회를 간신히 넘겼던 숫자.

이게 왜…….

겨우 하루가 지났을 뿐인데…….

단위부터 바뀌었다.

"미친."

뭐야?

0이 몇 개가 더 달린 거지?

신서진은 조회수를 눈으로 훑으며 중얼거렸다.

"일, 십, 백, 천, 만, 십만……."

그러니까…….

삼십만 명?

"삼십만 명이라고?"

유민하는 믿을 수 없다는 듯 다시 확인했다.

겨우 하루 사이에 조회수가 이렇게 뛰는 게 말이 된다고?

이게 진짜 우리 조회수가 맞다고?

"이, 이게 어떻게 된 거야?"

"말도 안 돼. 진짜 말도 안 돼……."

알고리즘의 신이 다녀갔나?

그것도 아니라면 분명 다른 이유가 있을 텐데.

최성훈은 턱을 쓸어내리며 진지하게 중얼거렸다.

"내가 너무 잘생겼나?"

"……"

"왜 아무도 반응 안 해 줘?"

"……"

"야야."

최성훈의 혼잣말이 처참하게 묵살되고 있을 무렵, 너튜브의 댓글을 훑어 내려가던 유민하는 그 이유를 알아낸 듯 탄성을 터뜨렸다.

"별스타 보고 왔어요……?"

아!

유민하는 다급히 별스타그램에 접속했다.

엄청난 좋아요 수를 기록하며 상단에 떠 있는 게시글.

드디어 이유를 찾았다.

이거였구나.

유민하는 떨리는 목소리로 말을 뱉었다.

"안다운 선배님이 우리 영상을 올려 주셨어."

"뭐? 우리 영상을?"

안다운의 별스타그램.

거기에 '리필 앤 리필' 촬영 당시 찍었던 사진과 함께 에이틴의 커버 영상 링크가 올라와 있었다.

그 아래에는 야무지게 달아 놓은 해시태그까지.

'Future and past' 커버 영상.

#리필앤리필 #서을예고천재들 #후배들파이팅

댓글 역시 조회수에 비례해서 빠르게 증식하고 있었다.

─얘네가 리필 앤 리필 나왔던 애들인가?

ㄴ사복 입혀 놓으니까 또 다른 느낌

ㄴ안다운이 띄워 주려고·작정한 듯 ㅋㅋㅋ 방송 때 보고 마음에 들었나 봐

ㄴ처음 보는 애들도 있다 모자 쓴 애 귀여운데 이름 뭐예요?

ㄴ최성훈이요! 그 옆에 있는 애는 이다영이고, 같이 서울예고 데뷔 클래스임!

─노래만 잘 부르는 줄 알았는데 커버 댄스도 잘한다ㅠㅠ 애들 춤 선이 다르네

ㄴ이 정도면 에스떱에서 진작에 채 갔을 거 같음.

ㄴ아직 데뷔조는 아니니까 저런 영상 올라오는 걸걸

ㄴ이걸 코앞에 두고 놓치면 SW가 이상한 거지

ㄴ영상 보고 다시 연락할 듯

─표정 연기 봐 ㅠㅠ 심장이 반응했다……. 얘네는 천재 아이돌이 분명함

ㄴ곡 해석도 완벽하고 춤 선 딱딱 살리면서 강약 조절 하는 게 진짜 미침

ㄴ데뷔도 안 한 연생 덕질하는 건 개에바인데 그 짓거리를 내가 하게 생긴 듯 ㅋㅋㅋ

ㄴ이 조합 좋으니까 같이 데뷔해 줬으면 좋겠다 ㅠㅠ

ㄴ현실적으로 그건 힘들어도 에스떱에서 남돌 여돌 다 내쳤으

면 ㅠ
　ㄴ제발 천재돌 방치하지 마!!

너무 얼떨떨하다.

꿈을 꾸는 게 아닌가 싶어 양 볼을 꼬집어 보는 유민하다.

"…아프긴 해."

드럽게 아픈 걸 보니 꿈은 아니다.

하지만, 너무 비현실적이잖아!

유민하는 안다운의 게시글을 손으로 가리키며 흥분한 듯 덧붙였다.

"아니, 이분이 우리 영상을 왜 태그하셔? 딱히 아는 사이도 아니었잖아. 방송에서 만났던 것밖에 없고. 맞지?"

"응."

신서진은 유민하의 물음에 고개를 끄덕이며 생각했다.

'역시 그때인가.'

제 휴대전화를 가져가서 뭘 하나 싶었더니 이걸 올리려고 만지작거린 거였나.

그냥 부담스러운 사람인 줄 알았는데.

착한데 부담스러운 사람이었다.

신서진이 안다운에 대한 선입견을 고치고 있는 사이, 유민하는 여전히 안다운이 제 영상을 태그한 이유를 고민하고 있었다.

도무지 믿기지가 않아서였다.

"아무리 생각해도 이해가 안 가. 이분같이 유명한 사람이 대체 왜 우리 영상을 태그한 거지?"

"몰라. 우리가 마음에 들었나 보지!"

"그런 건가……?"

"그래, 그냥 즐겨!"

최성훈은 뭘 그리 고민하냐며 유민하의 어깨를 쳤다.

"원래 이런 건 즐기는 거야. 물 들어올 때 노 젓는 거고! 예에 에에!"

팔딱거리면서 뛰어나가는 최성훈.

그러나, 별생각 없이 즐기기에도 그 나비효과는 어마어마했다.

점심 먹고 나서 다시 확인했을 때, 조회수는 더 올라 있었고.

"뭐냐?"

석식을 먹은 뒤엔 또 올라 있었다.

최성훈은 떨리는 눈꺼풀로 중얼거렸다.

"진짜 뭐냐?"

그날 밤.

이제는 떨려서 조회수를 보는 것조차 두려워질 지경이었다.

언제까지 떡상하는 건데?

"일단 좋아! 너무 좋아! 짜릿해!"

최성훈은 입을 틀어막으며 환희에 가까운 비명을 내질렀다.

"으어어어!"

*   *   *

서을예고에서 에이틴이 기쁨의 탄성을 터뜨리는 동안, SW 엔터 역시 그 주제를 입에 올릴 수밖에 없었다.

안다운의 추천을 기폭제로 삼아 순식간에 떠오른 영상들.

하루 만에 저 정도의 증가폭이라니.

애들 어깨가 지금쯤 하늘로 솟았겠는데.

이한나 이사는 커피 한 모금을 홀짝이며 한성묵 팀장에게 말했다.

"반응이 좋던데요."

"그야 안다운 찬스를 썼……."

이건 너무 직접적인가.

한성묵 팀장은 헛기침을 하며 말을 수정했다.

"연예인이 태그해 줬는데 당연한 거 아닙니까."

그냥 묻힐 줄 알았던 영상이 순식간에 대박이 나 버렸다.

벌써 하루 만에 50만을 넘겼다던데, 한성묵 팀장은 여전히 에이틴을 인정할 수 없었다.

'걔들 실력으로 오른 건 아니잖아?'

안다운의 홍보가 아니었다면 애초에 있을 수도 없었던 일이다.

운이 좋았던 거지.

한성묵 팀장은 그렇게 생각하며 혀를 찼다.

하지만, 이한나 이사는 딱 잘라 말했다.

"그게 바로 스타성이죠."

그녀는 모니터 화면을 눈짓하며 말을 이었다.

"안다운이 태그한 영상만 조회수 올랐나 한번 봐 봐요. 아닐걸?"

에이틴의 채널에 올라온 영상은 총 4개.

안다운 효과로 태그된 영상뿐만 아니라 다른 영상들도 빠른 속도로 조회수가 오르고 있었다.

그중 가장 놀라운 것은……

"이 영상이 조회수가 가장 높네요?"

한성묵 팀장은 영상을 확인하고선 두 눈을 크게 떴다.

바로 어제 새로 올라온 신서진과 이다영의 듀엣 영상.

물 들어올 때 노 저어야 한다고 최성훈이 급히 편집해서 올린 영상이 안다운이 태그한 영상보다도 조회수 상위에 있었다.

벌써 50만 회를 훌쩍 넘겨 버렸다.

이한나 이사는 가볍게 웃으며 커피잔을 내려놓았다.

"100만 찍겠던데요."

"…그럴 것 같네요."

이게 뭔데 이렇게 조회수가 높지?

"한번 틀어 봐도 됩니까."

"저도 아직 못 봤어요. 같이 보죠."

자작곡 듀엣 영상이라……

타이틀부터 심상치 않다.

한성묵 팀장은 듀엣 영상을 틀었다.

이다영이 직접 작곡했다는 자작곡 'Drive'. 서울예고의 선생들이 따로 도와준 게 아니라면 본인이 직접 작곡한 노래는 맞을 텐데. 이다영의 편곡 실력만 들었지, 자작곡은 들어 본 적이 없다.

그래 봤자 애들 장난이지.

SW 엔터에서 체계적으로 작곡을 가르쳐 봤자, 프로듀서의 지원 없이 혼자 상품성 있는 곡을 쓰는 연습생은 거의 없다고 봐도 무방했다.

다들 기껏해야 미디 몇 번 뚝딱거리다가 프로듀싱에 이름 같이 올리는 수준.

사실 그것만 되어도 어느 정도 곡을 쓸 줄 아는 애들이니 대단하다고 볼 수 있었다.

하물며 독학으로 곡을 배웠다는 이다영은…….

곡을 쓴다 해도 밋밋한 수준일 거라 생각했다.

그런데.

"좋은데요?"

한성묵 팀장은 인상을 찌푸리며 중얼거렸다.

전혀 기대도 하지 않았는데 좋다.

왜 뒤늦게 올린 영상이 갑자기 뜨기 시작했는지.

왜 댓글이 갑자기 이다영의 이름으로 도배된 건지.

전혀 이해할 수 없었던 한성묵 팀장이었다.

이 노래를 듣기 전까지 그러했다.

"말도 안 돼."

이게 정말 이다영이 작곡한 거라고?

걔만큼 곡 잘 쓰는 애는 없을 거라던 신서진의 말이 머릿속을 스쳐 갔다.

그때는 새겨 듣지도 않았던 말이었다.

하지만, 이제 인정할 수밖에 없었다.

"생각보다 훨씬 괜찮은 카드였네요."

이한나 이사는 팔짱을 낀 채 솔직하게 말했다.

처음 데뷔조를 짰을 때, 이다영을 빼고 가자는 데에 그녀 역시 동의했다. 이다영은 다른 멤버들에 비해 색깔이 부족했고, 스타성도 떨어졌다.

이다영의 대체제로 쓸 만한 멤버라면 어디에도 충분히 있을 거라고 생각했다.

그러나 잘못된 판단이었다.

이한나 이사는 자세를 고쳐 앉으며 한성묵 팀장을 바라보았다.

상황이 이렇게 되니 이다영을 빼고 가는 것이 아까워진다.

보고도 다시 해야 하고, 회의도 다시 해야 하며.

통과될 거라는 보장도 없다.

이미 다 짜인 데뷔조 결정을 번복해야 하는 상황.

하지만, 놓쳐서는 안 될 거라는 직감이 강하게 들었다.

이한나 이사는 어깨를 으쓱이며 말했다.

"어때요? 한번 지켜볼까요?"

$*$ $*$ $*$

SW 엔터의 연습실.

평상시보다 조금 더 복작복작해진 연습실 안으로 신인 개발팀의 한성묵 팀장이 들어왔다.

신서진에게 그에 대한 얘기를 많이 전해 들은 이다영은 본능적으로 어깨를 움츠렸다.

'무서워……'

생긴 건 그렇게 무섭게 안 생겼는데 선입견이 무섭다.

말 한마디 잘못하면 데뷔조에서 잘릴 것 같달까.

이다영은 잔뜩 긴장한 기색으로 눈을 굴렸다.

그 옆에는 한결같이 태연한 얼굴의 신서진이 앉아 있었다.

보기에 조금 껄끄러운 사람들이 많은 건 한성묵 팀장도 마찬가지다.

한성묵 팀장은 신서진과 이다영 쪽을 힐끗 돌아보고선 짧게 한숨을 내쉬었다.

'사고는 거하게 쳤어도 실력은 있는 거지.'

그러면 됐다.

결과가 잘 풀린 상황에서 군이 책임을 물을 생각은 없었다.

한성묵 팀장은 데뷔조 학생들을 바라보며 물었다.

"다들 얘기는 전달받았지?"

"네, 전달받았습니다!"

JS 엔터에서 데뷔 예정인 강민채를 제외하고 사실상 데뷔 클래스 전 인원에게 기회를 주는 상황.

다만, 정식 데뷔가 아닌 유닛 그룹이라 성적이 안 좋으면 수납될 수도 있었다. 이 많은 인원들 사이에서 대중들의 눈에 띄는 건 또 다른 얘기다.

저렇게들 설레고, 긴장하는 것 같지만.

냉정하게는 이제 겨우 시작점에 도착한 것에 불과했다.

하지만, 군이 첫날부터 그렇게 힘 빠지는 얘기를 할 필요는 없겠고.

한성묵 팀장은 짧게 말을 뱉고선 설명을 시작했다.

"그래, 다들 잘해 보자."

이다영이 합류하게 되면서 기존 구상과는 조금 달라졌다.

다섯 곡짜리 미니 앨범에 전체곡 하나, 유닛곡 네 개.

한성묵 팀장은 한 명씩 이름을 불러 나갔다.

"한시은, 유민하, 이다영, 서하린."

"네!"

"그래, 이렇게 네 명이 G유닛 소속이야. 거기 남자애들 있지?"

"네엡!"

"너네도 오늘부터 한 팀이다. 아, 그리고 한시은?"

"네?"

"너는 솔로곡 잘 준비해 봐. 특별한 기회니까."

"넵, 감사합니다!"

한성묵 팀장은 출력해 온 종이 한 장을 벽에 붙였다.

아홉 명의 총 인원을 임시 유닛별로 나눈 직관적인 표가 앞에 붙어 있었다.

1. 한시은 유민하 이다영 서하린(G유닛)

2. 신서진 허강민 최성훈 이유승 차형원(B유닛)

3. 에이턴

4. 한시은 솔로곡

5. 전체곡

"저렇게 다섯 곡인 거야?"

"와… 신기해."

옹기종기 벽보 앞에 모여든 데뷔조 학생들.

구체적인 시안까지 나오고 나니, 이제야 데뷔가 조금씩 실감이 난다.

유민하는 입을 떡 벌린 채 연신 감탄을 터뜨렸다.

다들 즐거워 보인다.

하지만, 지금은 행복한 분위기에 찬물을 끼얹어야 할 타이밍.

잠시 망설이던 한성묵 팀장이 입을 뗐다.

"아, 너네 방학이라서 시간 많지?"

"네?"

"데뷔 평가 준비해야지."

"……."

여기 다 서울예고 재학생이니 방학 기간이 같을 거 아니냐.

다들 시간 충분하겠네?

한성묵 팀장은 데뷔 평가 스케줄을 입에 올렸다.

"2주 준다. 그 안에 준비해 와."

"…네?"

그놈의 2주에 한이 맺혔나?

*　　　　*　　　　*

데뷔 평가는 유닛별로 전부 진행된다.

신서진의 경우 에이틴 유닛과 B유닛 데뷔 평가를 둘 다 준비해야 했다.

SW 엔터의 빈 회의실.

허강민은 넋을 놓은 이유승과 최성훈을 돌아보며 말했다.

"…너네 진짜 힘들겠다."

전혀 도움이 되지 않는 위로였다.

이유승은 창백해진 안색으로 천천히 고개를 끄덕였다.

"아무래도 그럴 것 같네."

결과적으로는 둘 다 해야 하겠지만 우선은 이쪽이다.

에이틴 멤버들은 합을 맞춰 온 시간이 있지만 이쪽은 다르다.

당장 시급한 건 B 유닛과 G유닛이라고 생각해서 먼저 준비하기로 합의한 상태였다.

이렇게 모아 놓으니 더 생소한 조합이다.

특히 차형원은 나머지 멤버들의 얼굴만 아는 수준이었다.

유일한 3학년. 쭈뼛거리며 눈치를 살피던 차형원이 조심스레 물었다.

"서로 막 친하고 그런 사이는 아니지?"

"……."

"아, 나 빼고는 다들 친하려나?"

어색한 차형원의 물음에 신서진이 대답했다. 허강민을 지칭한 말이었다.

"저는 애 몰라요."

"쟤는 왜 그렇게 섭하게 잘라 내냐."

"사실대로 말해야지."

허강민은 시무룩한 얼굴로 머리를 긁적였다. 명색이 A반 반장인데, 아직도 인간 거치대의 이미지를 벗어나지 못했다. 차형원은 피식 웃으며 짝, 손뼉을 쳤다.

"잘 모르는 사이였어도 이제부터 잘 알게 될 거니까 문제 없잖아? 다들 데뷔 평가가 어떤 건지는 들었지?"

"네."

데뷔 클래스에서 했던 월말 평가와는 비교도 되지 않는 스케일이다.

백 명 남짓의 SW 엔터 사람들과 연예계 관계자들 앞에서 쇼케이스 형식으로 평가를 진행할 것이라 들었다.

난이도도 극악이란다.

"이건 시은이한테 들은 건데……. 될 때까지 시키는 건 물론이고, 아니다 싶으면 마지막에서도 잘라 낸다더라."

데뷔조 멤버들이 바뀌는 경우도 있단다.

차형원은 가볍게 웃으며 말을 돌렸다.

"어두운 얘기는 됐고, 우리는 이 조합 그대로 가 보자고. 다들 자신 있지?"

"네에에! 물론이죠!"

"자신 있습니다."

"파이팅 넘치니까 좋다."

유일한 3학년인 차형원이 자연스레 리더 포지션이 되었다.

차형원은 한성묵 팀장에게 전달받은 흰색 봉투를 꺼냈다. 가장 중요한 내용이 이 안에 들어 있었다.

"데뷔 평가 커버곡이래. 아직 나도 못 봤어."

나름 봉투에 넣어서까지 준비해 주는 치밀함이라.

차형원은 봉투를 스윽 열었다가 다시 닫았다.

"뭐일 것 같아?"

이유승은 전체 멤버들을 훑어보며 의견을 냈다. 멤버들마다 다 색깔이 달라서 딱 하나의 컨셉을 꼽기가 조금 애매했다.

"일단 이 조합이면 웬만한 컨셉은 어울릴 것 같은데요. 아무래도 데뷔 평가니까 좀 빡센 컨셉 잡고 갈 것 같기도 하고요."

데뷔곡을 청량으로 뽑는 경우도 있지만 임팩트와 해외 팬들을 고려한다면 센 컨셉을 잡는 경우도 많았다. 그러니 데뷔 평가 선곡 역시 안무가 어렵고 파워풀한 컨셉의 노래가 나올 것이라 생각했다.

일리 있는 말이었다.

차형원은 엄지손가락을 치켜세우며 말했다.

"똑똑한데?"

센 컨셉인지 청량한 컨셉인지는 직접 확인해 보면 되겠지.

차형원은 더 이상 뜸을 들이지 않고 봉투를 열었다.

다른 멤버들은 아직 내용물이 보이지 않을 각도에서, 차형원이 가장 먼저 선곡을 확인했다.

그런데.

"뭐야, 이거?"

응?

차형원은 믿을 수 없다는 듯 다시 종이를 꺼내어 확인했다.

심상치 않은 표정에 신서진도 두 눈을 동그랗게 떴다.

"뭔데 그래요?"

"아니, 이게……."

팔랑—.

차형원은 썩은 듯한 표정으로 선곡표를 흔들어 보였다.

"이 노래를 하라는데?"

체리블럼―퐁당

동시에, 신서진을 제외한 네 사람의 얼굴이 구겨졌다.

＊ ＊ ＊

너라는 호수에 뛰어들어

사랑이라는 걸 이젠 알 것 같아

나는 그만 퐁당 빠져 버렸어!

퐁당 퐁당 퐁당

너에게 빠져 버렸어

"하아……."

단전에서부터 끓어오르는 깊은 한숨이다.

신서진은 이마를 짚으며 혀를 찼다.

왜 선곡을 보자마자 다들 질색했던 건지 뒤늦게 알았다.

유명한 노래는 맞았다.

체육대회 가면 들려오는 단골 노래이기도 하고.

하지만, 데뷔 평가에 이 곡으로 무대를 오르라고?

이유승은 심각한 얼굴로 중얼거렸다.

"우리 다섯 명이서 이걸 하면 너무 칙칙하지 않냐?"

"…암울하지."

"진지하게 퐁당이 아니라 풍덩이 될 수도 있어."

최성훈의 자학에 차형원은 웃음을 참으려 쿨럭거렸다.

생각해 보니 웃을 때가 아니었다.

"야, 이걸 누가 살려. 유민하가 와도 못 살려."

가장 중요한 데뷔 평가를 퐁당거리면서 무대에 올라야 한다니.

어느샌가 B유닛의 분위기는 완전 초상집이 되고 말았다.

그 와중에도 신이 난 스피커는 상큼한 가사를 여과 없이 뱉어 내고 있었으니…….

퐁당 퐁당 퐁당!
너에게 빠져 버렸어
퐁당 퐁당 퐁당……!

빡친다.

"그만 퐁당거리라고! 야, 저 스피커 꺼 버려!"

빡!

분노한 신서진이 스피커를 제압했다.

퐁당 노이로제에 걸릴 것 같다.

최성훈은 이미 질려 버린 표정의 신서진을 돌아보며 물었다.

"설마 기권할 생각은 아니지?"

"진지하게 고민 중이야."

신의 권위가 어디까지 나락으로 떨어지는 거지?

디오니가 봤다면 최소 백 년 치 놀림감이었다.

아니, 정말로 박제될지도 모르겠는데.

신서진은 미간을 찌푸리며 물었다.

"다른 선곡은 안 되나?"

"고정이래."

"편곡을 아예 색다르게 가 보는 건?"

"네가 해 볼래?"

"……."

망할.

편곡 능력자 이다영까지 G유닛으로 빠지면서 도무지 그럴싸한 돌파구가 생각나지 않았다.

신서진을 포함한 다섯 명의 표정은 실시간으로 굳어 갔다.

하지만, 선곡이 어렵다고 해서 포기할 수는 없는 상황.

차형원이 먼저 입을 떼었다.

"일단 해 보자."

*   *   *

소화하기 어려운 컨셉이다.

우선 컨셉의 방향부터 확정하기 위해 다섯 사람이 머리를 맞대었다.

〈퐁당〉의 안무를 한번 스윽 훑어본 이유승이 조심스럽게 의견을 냈다.

"제 생각에 이런 노래일수록 최대한 원곡의 분위기를 맞추는 게 낫다고 보거든요."

이다영 정도의 편곡 능력자가 있다면 모를까, 컨셉을 180도로 바꾸는 건 무리수가 될 수 있다. 대중들에게 상큼한 노래라는 이미지가 박혀 있는 상황에, 원곡을 재해석하겠다며 괜히 멋있는 척을 했다가는 역효과가 날 수 있다는 의미였다.

어찌 되었건 까다로운 선곡은 맞았다.

이유승은 펜을 돌리며 심각하게 말했다.

"지금 저희가 여자 아이돌 노래를 커버하는 거라면, 그 선을 잘 조절해야 해요. 자칫하면 우스워 보일 수가 있거든요."

"동의해."

"그러니까, 원곡의 컨셉을 그대로 살리면서 차라리 풋풋한 쪽으로 가는 게 낫지 않나……."

"그러면 이렇게 해 보는 건 어떨까요?"

이번에는 허강민이 의견을 내었다.

대중들에게 원곡의 발랄한 분위기를 그대로 연상시킬 수 있도록, 무대도 비슷한 느낌으로 꾸미자는 것이었다.

"가사도 첫사랑에 대한 얘기니까 일단 풋풋한 이미지로 잡고……. 제가 봤는데 무대 중에 교복 입고 올라간 무대가 많던데요."

"아, 그런 컨셉으로?"

밝은 원피스를 입고 화사하게 꾸민 무대도 꽤 있었지만, 교복 컨셉으로 산뜻하게 베이지색 교복 치마를 입은 무대도 많았다.

서울예고 교복도 밝은 베이지 색상인 데다가 느낌도 크게 다르지 않아 어울릴 것 같았다.

안무는 이유승이나 차형원이, 곡의 피치를 다듬는 건 신서진이 해 줄 테니 허강민은 의상이나 무대 구상에 더 집중했다.

허강민은 제 감각을 믿는 편이었기에, 화면을 손으로 가리키며 말했다.

"네, 이런 느낌의 의상 그대로 가도 될 것 같아요."

"응, 나쁘지 않아."

"무대는 어떤 식으로 꾸밀까?"

그다음에는 무대에 대한 의견을 한 명씩 제시하는 동안, 신서진은 심각한 얼굴로 잠자코 앉아 있었다. 뒤늦게 신서진을 확인한 허강민이 그의 눈치를 살피며 물었다.

"왜? 별로야?"

"아니, 다소 실험적이긴 하지만……."

그것이 문제가 아니라며, 신서진은 고개를 저었다.

수천 년간 살아오면서 웬만한 일에는 편견이 생기지 않는 법이었다.

다만, 시간 안에 의상 문제를 해결하는 것이 관건인데…….

"그러면 의상을 지금 빨리 구해야 하지 않을까?"

줄곧 심각하게 고민하고 있던 신서진이 뱉은 한마디.

허강민은 고개를 갸웃거리며 물었다.

"왜? 교복은 다 비슷하니까, 그냥 우리 학교 교복으로 해도 되지 않아?"

"그렇긴 하지."

오히려 구하는 게 쉬울지도 모르겠다.

으음.

신서진은 턱을 쓸어내리며 중얼거렸다.

"서하린이 빌려주려나?"

"응?"

"걔는 안 빌려줄 것 같은데."

허강민은 두 눈을 끔뻑이며 신서진을 돌아보았다.

더없이 진지해 보이는 얼굴로 신서진이 재차 물었다.

"유민하는 빌려줄 것 같아?"

저게 무슨 소리지?

으음…….

음.

그러니까…….

골똘히 생각하던 허강민은 뒤늦게 그 말을 이해하고 말았다.

"이다영에게 빌려 볼게."

아니, 잠깐만.

저 미친놈이 설마…….

"그대로 입는 거 아니야?"

"……?"

허강민은 제 손으로 가리켰던 화면을 다시 천천히 내려다보았다.

베이지색의 조끼와 교복 치마. 서울예고 교복과 크게 다르지 않은 비주얼이긴 한데…….

이 새끼는 그걸 말하는 게 아닌 것 같은데?

마찬가지로 그 말을 이해한 것은 이유승이었다.

"야."

이유승은 조용히 물병을 거꾸로 들고선 이를 악물었다.

"너 이리 와, 이 새끼야."

　　　　　*　　　　　*　　　　　*

　다음 날, 이유승에게서 신서진의 폭탄 발언을 들은 유민하는 고개를 주억거렸다.

　사실 별로 놀랄 일도 아니었다.

　다른 놈이었다면 모르겠지만…….

　어, 왠지 신서진이라면 이상하지 않아.

　걔는 당연히 그렇게 대답했을 것 같달까.

　유민하는 혀를 차며 말했다.

　"네 잘못이네."

　"…이게 내 잘못이야?"

　"너네가 설명을 잘했어야지."

　"내가?"

　졸지에 억울해진 허강민은 아랫입술을 내밀었다.

　"나는 설명 잘했는데……."

　"부족했어. 치마가 아니라 바지를 입는다고 알려 줬어야지."

　유민하의 방패와 같은 실드. 그것을 옆에서 들으며 정신없이 웃어 대던 서하린이 말을 얹었다.

　"아, 진짜 개또라이야. 쟤 사고방식은 내가 절대 못 따라가겠어. 야, 신서진!"

　"응?"

　"필요하면 빌려줄게."

　한 손으로 휴대전화를 든 채 너튜브 화면을 보고 있던 신서진은 슬쩍 고개를 들어 대답했다.

"어, 이유승이 필요하다던데."

"…너, 일부로 그러는 거지?"

"어."

저, 저게 진짜…….

"야! 너 어디 가! 안 멈춰?"

이유승은 이를 악물며 신서진을 따라 뛰어나갔다.

* * *

같은 시각, SW 엔터에서는 데뷔 쇼케이스 관련 준비가 한창이었다.

기자들이 오는 정식 쇼케이스는 아니지만, 새로운 그룹의 데뷔가 걸려 있는 만큼 모두들 분주했다.

관련 사항을 보고받은 한 남자는 유닛 리스트를 천천히 훑으며 고개를 끄덕였다.

SW 엔터의 전 직원이 참석하는 행사는 아니다.

한성묵 팀장은 남자를 향해 넌지시 물었다.

"이번 주 금요일에 오십니까?"

한성묵 팀장이 신인 개발 팀 소속이라면, 그는 매니지먼트 팀 소속이었다.

전혀 다른 팀 소속이기에 가까운 사이는 아니었으나, 사내 행사에서는 몇 번 안면이 있어 말을 트게 된 사이.

이런 행사는 빠지지 않고 꼬박꼬박 참여했던 두 사람이었다.

하지만, 남자는 아쉽다는 듯 가볍게 혀를 찼다.

"제가 금요일에는 이은성 배우님 스케줄이 겹치거든요."

"아, 그러면 못 오시겠네요."

"예, 원래라면 그럴 생각이었는데……. 어떻게든 시간을 빼 보죠."

"네?"

남자는 '신서진' 이름 석 자를 물끄러미 내려다보며 알 수 없는 표정을 지었다.

그러고는, 입가에 미소를 띤 채 덧붙였다.

"꼭 봐야 할 것 같은 연습생이 있어서 말입니다."

Chapter. 6

주영준 선생이 고기를 사 주겠다며 애들을 불러 모은 것은 그
날 저녁이었다. 방학 이후로 줄곧 SW 엔터에 처박혀 연습만 했
으니, 주영준 선생의 얼굴을 보는 것도 오랜만이다.

주영준 선생은 구석에서 손을 흔들며 애들을 반갑게 맞이했
다.

"삼겹살 3인분에, 양념갈비 2인분 주세요."

"와, 쌤. 이게 다 뭐예요?"

최성훈은 휘둥그레진 눈으로 테이블에 세팅된 반찬들을 둘러
보며 탄성을 내뱉었다.

"진짜 쌤이 쏘시는 거예요?"

주영준 선생은 머쓱하게 웃으며 말했다.

"어제는 여자애들 다녀갔다. 힘들어서 그런지 다들 잘 먹

던데."

"저희도 완전 잘 먹죠. 배고프면 더 시켜도 돼요?"

"시키고 싶은 건 다 시켜. 오늘은 각오하고 나왔다."

데뷔 평가 준비가 얼마나 빡센지 익히 알고 있다. 예상대로 초췌한 얼굴로 나타난 제자들에게 고기라도 먹이고 돌려보내야 할 것 같아서 이렇게 부른 것이다.

연습만 하지 말고 바람도 좀 쐬라는 의미도 겸사겸사 있었다.

주영준 선생은 애들의 눈치를 살피며 물었다.

"데뷔 평가 준비는 잘돼 가냐?"

그 말에는 신서진이 대답했다.

"…쉽지 않던데요."

"네 입에서 그런 말이 나오는 걸 보니까 상당히 쉽지 않은 것 같은데?"

당장 어제 G유닛 애들이랑 회식을 한 터라 대강의 상황을 주워 듣긴 했다.

이번에는 여자애들도 그렇고 B유닛도 그렇고, 정해진 선곡 내에서 최대한의 역량을 보여 줘야 했다. 곡을 정해 주는 편이 편할 줄 알았다만, 오히려 아니었다.

주영준 선생은 짧게 혀를 차며 말했다.

"어제 하린이는 넋을 놨더라."

싸울 때뿐만 아니라 무대 한정으로도 파이팅이 넘치는 서하린이다.

그런 애가 좀비처럼 와서는 뻗어서 가 버렸다.

"다영이가 편곡 싹 다 준비해서 아예 그냥 갈아엎을 모양이던데."

그쪽도 그럴 만했다.

하지만, 다른 유닛을 걱정하기엔 제 코가 석 자인 상황.

최성훈은 한숨을 푹푹 내쉬며 투덜대었다.

"쌤, 저희 퐁당이에요. 퐁당."

"퐁당?"

"그 퐁당거리는 노래 있잖아요. 인간적으로 그 노래를 저희한
테 주는 건 조금 아니지 않아요?"

주영준 선생은 최성훈의 불평을 뒤늦게 이해하고선 인상을 찌
푸렸다.

"아… 그 노래?"

"네. 멜로디는 더럽게 상큼한데, 저희가 하면 그냥 더러운 것
같아요."

"에이, 왜 그렇게들 생각해."

"쌤이 해 보실래요?"

어설픈 위로를 건네려던 주영준 선생은 조용히 입을 닫았
다.

최성훈의 말대로 여러모로 신경 써야 할 것이 많은 선곡이긴
했다.

SW 엔터에 수준 높은 트레이너들은 많았어도 아직은 낯을
가리는 상황. 이렇게 솔직하게 고충을 털어놓을 수 있는 대상이
없었던 터라, 삼겹살이 익어 갈수록 대화는 끊이질 않았다.

"일단은 저희가 최대한 원곡에 충실하기로 했거든요. 그런데,
있는 그대로 써먹기에는 임팩트가 조금 부족해서……."

"편곡은 서진이 맡기지."

"네, 그래서 맡겼어요. 야, 잘돼 가고 있지?"

"……."

"봐 봐요, 얘도 심각하잖아요."

원곡 그대로 살리자고 했던 허강민의 의견대로 어설프게 편곡을 했다가는 우스워 보일 듯하여, 신서진도 골머리를 앓는 중이다.

주영준 선생은 그런 그들을 위해 나름의 조언을 건네기 시작했다.

"곡은 비슷한 흐름으로 가더라도, 무대로 임팩트를 줘 봐. 내 기억이 맞다면 2절 후반부에 리듬이 살짝 반전되는 구간이 있었던 것 같은데."

"네, 맞아요."

"그 파트에 단체 안무를 넣어도 좋고, 아니면 가볍게 의상 체인지를 해도 좋고. 분위기를 잘 살려 봐. 내가 봤을 땐 너네가 충분히 소화해 낼 수 있는 곡이야."

편곡 방향을 정하지 못해 꽉 막혔던 상황에서 무엇보다 값진 조언이었다.

신서진은 두 눈을 반짝이며 주영준 선생의 말들을 전부 새겨들었다.

서울예고의 교사로 처음 부임했을 때부터 수많은 제자들을 지켜봐 온 주영준 선생이었다. 그중에 데뷔한 녀석들도 있으니, 데뷔 평가 시스템이 어떻게 돌아가는지는 누구보다 잘 알고 있었다.

SW 엔터가 그중 유독 까다롭다고 들었으니 벌써부터 애들이 지치질 않길 바라는 마음이었다.

"세네 번씩 떨구기도 하는데 끝까지 해 봐. 너무 힘 빼지 말고, 포기하지도 말고. 떨어진다고 능력 부족한 건 아니니까 열심히 준비해서 재도전하는 거야."

될 놈과 안 될 놈을 구분하는 절차는 사실상 끝났다고 볼 수 있었다.

지금부터는 회사의 컨셉을 잘 소화할 수 있는 연습생들과, 데뷔 후 스케줄을 잘 진행할 수 있을지 그 열정과 끈기를 체크하는 단계에 가깝다고 생각했다.

"잘할 거다."

도와줄 수 있는 말이 별달리 없어서 주영준 선생은 머쓱하게 웃었다.

최성훈은 주영준 선생의 말에 물잔을 들어 올리며 해맑게 외쳤다.

"아, 당연하죠! 저희 싹 다 A반 출신 아닙니까! 맞지?"

"다들 어디 가서 밀릴 애들은 아니지."

A반 반장 허강민은 피식 웃으며 최성훈의 말에 동조했다.

거기에 이유승이 우렁차게 말을 얹었다.

"SW도 씹어 먹고 오자!"

"데뷔 평가 파이팅!"

"파이팅!"

주영준 선생은 노릇노릇하게 익은 삼겹살을 잘라 한 명씩 밥 위에 얹어 주면서 흐뭇하게 말했다.

"파이팅도 좋은데 일단 좀 먹어라."

생각해 보니 고깃집까지 와서 무대 구상만 하고 있었다.

열정도 좋고, 혼을 갈아 넣는 것도 좋은데.

데뷔 평가를 준비하는 애들을 보면서 변하지 않는 법칙이 하나 있는 법이다.

"다 밥심으로 하는 거야."

"네엡, 쌤!"

"감사히 먹겠습니다!"

그제야 걸신 들린 애들처럼 허겁지겁 먹기 시작한다.

늦은 밤까지 연습을 했으니 당연히도 배가 고팠던 모양. 첫 번째 불판 위 고기가 바닥나는 데까지는 그리 오랜 시간이 걸리지 않았다.

"그렇다고 체할 정도로 급하게 먹지는 말고."

"넵!"

"당연하져!"

A반 담임이긴 했으나 애들을 정답게 대하는 편과는 거리가 멀었던 주영준 선생이다. 항상 한 걸음 뒤에 물러서서 애들을 지켜봐 왔던 것 같은데, 언제 이렇게 컸나 싶어 신기했다.

주영준 선생은 상추 쌈을 우물거리며 신나게 고기를 즐기고 있는 신서진을 돌아보았다.

다른 사람은 몰라도 저 녀석이 저렇게 되어 있을 줄은 몰랐는데.

사적인 자리에서 식사를 하니, 감회가 남다르다.

신서진의 서울예고 입학을 가장 반대했던 당사자 중 한 사람으로서 자꾸만 그때가 생각나는 것이다.

주영준 선생은 어느샌가 비빔냉면까지 시켜서는 야무지게 먹고 있는 신서진에게 말을 걸었다.

"서진아, 나 처음 봤을 때 기억 안 나냐?"

처음 봤을 때?

우물우물.

신서진은 냉면을 한입에 삼키고선 고개를 갸웃거렸다.

"학교 때려치우라고 하신 거요?"

솔직히 그게 임팩트가 강하긴 했다.

C반에 딱 들어오자마자 안 될 놈 같으면 당장 때려치우라고 훈수를 두고 간 것.

최성훈도 그때가 생각나는지 깔깔대며 웃었다.

"아, 스타가 된다고 했나? 개학 첫날부터 저는 둘이 싸우는 줄 알았는데요."

"그때도 서진이가 존재감이 확실하긴 했지."

하지만, 주영준 선생이 언급한 건 그 첫 만남이 아니었다.

"그때 말고 너 학교 입학했었을 때 말이다. 생각 안 나?"

"저는 몰라요."

신서진은 삼겹살을 우물거리며 고개를 저었다.

"기억이 안 날 수 있지……."

신서진은 모르는 듯하지만, 당시 평가 위원 중에 주영준 선생이 있었다.

당연히 현재의 신서진은 기억하지 못하는 제 몸의 과거.

처음 듣는 이야기에 오히려 더 흥미가 돋은 것은 이유승이었다.

1학년 때 신서진을 볼 때마다 애들 사이에서 돌았던 말.

대체 저놈은 어떻게 여기를 들어온 거지?

그 해답을 주영준 선생의 입에서 직접 듣고 싶기는 했었다.

"왜요? 무슨 일 있었어요? 들려 주세요."

주영준 선생은 신서진을 바라보며 물었다.

"말해도 돼?"

"네."

주영준 선생은 그때를 회상하며 너털웃음을 터뜨렸다.

지금의 신서진과 당시의 신서진은……

그래, 같은 사람이 맞나 싶을 정도로 확실히 다르긴 했다.

하지만, 지금의 신서진이 정상이 아니듯. 그때도 신서진은 별반 다르지 않았다.

"지금도 특이했는데 그때는 더 별났지."

상당히 충격적인 발언이다.

"네?"

"그게 가능해요?"

지금도 저렇게 또라이인데 그때는 더했다고?

최성훈은 믿을 수 없다며 되물었다.

거짓말 같지만 조금의 과장도 없었다.

"정말이다."

천천히 고개를 끄덕인 주영준 선생은 당시의 일을 풀어놓기 시작했다.

*　　　　　*　　　　　*

2014년 2월이었을 것이다.

겨우 1년 반 전이니 그리 오랜 시간이 지나지도 않았다.

지금보다 짧은 머리에 중학교 교복 그대로.

입구에서부터 파이팅 넘치게 인사를 하며 들어오던 다른 애들과 달리, 신서진은 쭈뼛거리며 눈치를 살폈다.

처음에는 면접장 내에 침묵이 감돌았다.

저렇게 낯을 가려서 가수는 어떻게 하나 싶을 무렵, 의외로 차분한 목소리로 자기 자신을 소개했던 신서진이다.

"뭐라고 했는지는 기억이 안 난다. 그 면접에서 유일하게 정상적인 대답이었거든."

첫인상은 조용조용하지만 제 할 말은 하는 면접생이었고, 주영준 선생은 으레 하는 질문을 던졌었다.

'무슨 곡을 준비해 왔어요?'

"그래서 무슨 곡이었는데요?"

"은하수인가 뭔가 하는 곡이었는데……."

이것도 잘은 기억이 나질 않는다.

왜냐하면 진짜 형편없었거든.

주영준 선생이 당시 신서진를 또렷히 기억했던 이유는 단순히 그뿐이었다.

어떻게 서류 통과를 했는지 의문이 드는 처참한 실력.

마이크를 잡고 노래를 불렀는데 다른 면접생들과는 아득히 차이 나는 수준이라 더 볼 것도 없이 탈락이었다.

"너네도 알겠지만 내가 가만히 있을 성격은 아니지 않냐?"

"분명 몇 마디 하셨겠죠."

"발성이 좋지 않다, 노래는 배워 봤냐. 여기 들어올 실력은 아니다. 아마 별소리 다 하긴 했겠지. 나도 내 성격을 알지만 태반이 좋은 소리는 아니었을 거야."

그런데.

그 말을 잠자코 듣고 있던 신서진이 당당하게 말했더랬다.

'저 어차피 붙을 거예요.'

다시 생각해도 뭔 미친 소리냐 싶은 근거 없는 자신감.

이유승은 별생각 없이 상추쌈을 오물거리는 신서진을 툭툭 쳤다.

"야, 무슨 자신감이냐?"

"잘났으니까 그런 말을 했겠지."

어차피 본인이 한 말이 아니기에, 신서진은 강 건너 불 구경을 하듯 주영준 선생의 토크를 듣고 있었다.

결과적으로는 배짱 좋은 신서진의 말이 다 맞았고.

하필 신서진이 지원한 전형이 미달이 나면서 유일한 추가 합격자가 되었다. 신서진의 파란만장한 합격 스토리에 허강민은 피식 웃으며 말을 더했다.

"그 정도면 너는 그냥 여기 들어올 놈이었네."

"처음부터 될 놈이었던 거지."

그 뒤로 1년 만에 A반 합격, 데뷔조까지 합류하게 된 것을 보면 그 미친 자신감이 아예 틀린 것도 아니었다.

물론, 그냥 거기서 끝나는 이야기였다면 저 녀석이 그렇게 또라이라고 생각하지도 않았을 것이다.

자신감 넘치는 거 좋지.

허언이 아니라 증명까지 해 보였으니 문제 될 것도 없다.

하지만, 3월 초.

괜한 호기심이 일어서 녀석을 다시 만나게 되었을 때.

그때 들었던 말은 왜인지 아직까지 기억이 나는 것이다.

"기억 정말 안 나냐?"

"네, 몰라요."

대체 무슨 자신감으로 붙을 줄 알았던 거냐는 제 말에, 더없이 무심한 눈길로 자신을 올려다보던 녀석.

신서진은 그렇게 대답했었다.

'그런 예언이 있었는데요.'

　　　　　*　　　　　　*　　　　　*

다음 날.

B유닛은 이른 아침부터 〈퐁당〉 안무를 맞추느라 정신이 없었다.

단체 안무는 이제 슬슬 어느 정도 합이 맞기 시작했고, 새롭게 추가된 파트를 숙지하는 것이 우선 관건이었다.

주영준 선생의 조언대로 추가된 의상 체인지.

신서진이 앞뒤로 비트를 추가하면서 충분한 시간을 벌어 놓았다.

2절 초반부까지는 교복을 입고 있다가, 댄스 브레이크가 들어

갈 즈음에 의상을 정장으로 바꿔 입는다는 것이 현재 계획.

"걸치기만 하면 되니까 오래 걸리지는 않는데, 그래도 동선 고려해서 매끄럽게 들어가려면 몇 번 연습은 해 봐야 할 것 같거든?"

그리하여 슥삭 입고 슥삭 벗는 연습이 시작되었는데…….

커튼으로 가려지는 시간은 겨우 몇 초.

그 안에 옷을 다 챙겨 입어서 짜잔, 하고 빠르게 튀어나와야 한다.

말은 쉬웠는데 막상 해 보니 상당히 어려웠다.

"야, 이게 왜 안 되냐."

벌써 세 번째 트라이. 이번에도 급하게 팔을 넣으려다가 끼어 버린 최성훈이 툴툴대며 한숨을 내쉬었다.

"하아……."

아까부터 옆을 힐끗거리며 신서진을 확인하고 있는데, 속도부터가 남다르다. 조금의 꼬임도 없이 자연스럽게 정장을 입고 그다음 안무로 이어지는 동선까지 말끔하다.

"뭐야, 어떻게 한 거야?"

"그냥……."

이걸 어떻게 설명해야 하나.

신서진은 머리를 긁적이며 물었다.

"혹시 옷을 입을 줄을 모르는 거야?"

"…죽을래?"

입고 벗는 것밖에 없는데 되게 쉽지 않나?

신서진은 그렇게 생각하며 주위를 돌아보는데 다들 하나같이 낑낑대고 있다.

그래도 연습으로 커버 가능한 수준이긴 하다만…….

"다시 한번 보여 줘라."

웬만한 안무는 손쉽게 소화하는 이유승조차 스텝이 꼬였다. 넌지시 부탁해 오는 말에, 신서진은 고개를 끄덕이고서 자리를 잡았다.

슥. 삭.

"됐지?"

아니, 잠깐만.

"한 번만 더."

최성훈의 요청에 재시연을 해 보이는 신서진.

"……?"

방금 무슨 잔상이 보였던 것 같은데?

정신을 차려 보니 이미 의상을 완벽히 체인지한 채 멀뚱히 서 있는 신서진이다.

"이 정도의 스피드면 아예 옷을 바꿔 입어도 모르겠는데."

…라고 하자마자 그걸 성공시켰다.

소매치기에 이어서 의상 바꿔치기.

경이로울 정도의 스피드에 이유승은 탄성을 내뱉었다.

"야, 이걸 개인기로 했었어야지."

이 정도면 예능에서도 개인기로 받아 줬겠다.

이런 멀쩡한 걸 놔두고 시계를 훔칠지, 지갑을 훔칠지 고민하고 있었다니. 이유승은 그 당시 신서진의 폭탄 발언들을 회상하며 혀를 찼다.

어찌 되었건, 지켜보는 사람도 박수를 저절로 치게 만들 스피드였다.

"나도 해 본다."

원래 옆사람이 저러면 오기가 생기는 법.

차형원은 괜히 따라 해 보겠다며 이를 악물고 교복 조끼를 내던졌다.

그 결과.

부우욱—.

어디서 천 찢어지는 소리가 들린 것 같은데?

"아, 잠깐."

멀쩡한 교복 조끼를 하나 해 먹고 말았다.

"선, 선배……?"

서울예고의 교복 단가를 생각한다면… 눈물이 절로 앞을 가릴 광경이었다. 차형원은 두 눈을 굴리며 중얼거렸다.

"큰일 났다… 어디서 빌려 오지?"

"형, 방금 그 모습을 봤으면 아무도 안 빌려줘요. 그냥 새로 사세요."

부정할 수 없는 사실이다.

"…그래."

황새가 뱁새 따라가려다가 가랑이 찢어진다는 옛말이 괜히 있는 것이 아니었다. 이유승은 저정도 스피드로 의상을 체인지하는 것은 진작에 포기하였다.

"차라리 동선을 바꾸는 게 나을 것 같아."

안무 담당 이유승은 빠른 대안을 내놓았다. 다섯 명이 동시에 튀어나오면 그만큼 단체로 주어지는 시간이 짧아지니, 빠르게 바꿔 입을 수 있는 사람 순으로 한 명씩 걸어 나오자는 거였다.

얘기를 곰곰이 듣고 있던 신서진이 의견을 내었다.

그렇잖아도 무대가 허전해서 세트를 구해 볼 생각이었다.

"이런 세트 구해 보는 거 어때?"

무대 위에서 커튼을 치는 것보다는, 다섯 사람이 한 명씩 나오는 동선이라면 간의 탈의실 세트도 나쁘지 않을 듯했다.

"아, 이런 구성으로?"

한 명씩 커튼을 열고 짜잔, 하고 튀어나오는 것이다.

"확실히 뮤지컬 느낌이 살아 있네."

나쁘지 않은 의견이다.

세트 배치와 무대 구성에 있어서 항상 주도적이었던 유민하가 빠지고 나니, 전부 맨바닥부터 들이받는 기분이었지만 B유닛은 B유닛대로 어려운 선곡을 잘 헤쳐 가고 있는 중이었다.

차형원은 손뼉을 치며 우렁찬 목소리로 외쳤다.

"자자, 그러면 다시 연습하자!"

"넵, 이번에는 2절 초반부터 바로 시작합니다!"

＊　　　　＊　　　　＊

한 시간을 쉬지 않고 연습한 뒤, 목을 축이기 위해 잠깐의 쉬는 시간이 주어졌다. 최성훈은 헐떡거리면서 연습실 바닥에 엎어졌다.

"물 뚜껑 열 힘도 없어……."

"병약하군."

신서진은 물병을 하나 따서 최성훈에게 건넸다.

땀이 비 오듯 쏟아지는 걸 보아하니 상당히 힘들었던 모양이었다.

똑같이 굴렀는데 혼자만 에어컨 아래에서 춤춘 것처럼 뽀송뽀송하다.

늘 지친 기색이 없는 것도 매번 신기한 일이다.

최성훈은 미간을 찌푸리며 신서진에게 물었다.

"너는 왜 멀쩡하냐?"

"그야… 튼튼하니까?"

"그 정도면 튼튼한 게 아니라 인간의 경지를 넘어선 수준이야."

최성훈은 고개를 힐끗 돌려 옆사람들을 눈짓했다.

늘 열정맨인 이유승도 지쳐서 말을 잃었고, 허강민은 고장 난 테디베어처럼 구석에 처박혀 있다. 차형원은 유일한 3학년이라 그런지 애써 힘든 티는 안 내지만, 말을 걸면 화를 낼 것 같은 얼굴이었다.

최성훈은 신서진을 바라보며 생각했다.

여러모로 참 신기한 놈이다.

특이한 것을 넘어서 경이로워.

"오늘 춤 잘 추던데"

이유승에게 배운 것을 그새 적용해서 실력이 늘어 온 걸 보면 재능도 타고났고, 체력은 뭐 말할 것도 없이 타고났고…….

최성훈은 턱을 쓸어내리며 말을 덧붙였다.

"옷도 잘 벗더라."

"어감이 이상한걸."

오늘 의상 체인지에서도 엄청난 활약을 보여 주었다.

가만 보면 얼타면서도 가장 대단한 놈이 아니었을까.

까면 깔수록 새로운 재능을 발견하는 기분이다.

이쯤 되니, 최성훈은 한술 더 떴다.

"갓서진이니까, 정말 인간이 아닌 거 아니었을까?"

"……!"

"야, 그런 말도 있잖아. 연예인이랑 무당이랑 한 끗 팔자라고. 가수 한 게 다행이지. 내가 봤을 땐 너 정도면 신이 이미 왔다 갔어."

신서진은 움찔거리며 두 눈을 굴렸다.

농담으로 하는 말이라는 걸 이제는 아는데도 여간 찔리는 것이 아니었다.

"주영준 쌤이 그랬잖아. 예언도 했다며."

정확히는 예언을 들었다는 웬 사이비 같은 소리긴 했으나, 그걸 자체 해석한 최성훈은 혀를 내두르며 말했다.

"그러면 그거 봐줄 수 있냐?"

"어?"

"우리 데뷔 평가 한 번에 통과할 것 같아? 나 진짜 힘들어서 두 번은 이 짓거리 못 한다."

예언은 제 주관이 아니지만 알아볼 방법이 없는 것도 아니다.

최성훈의 말을 찬찬히 곱씹던 신서진은 눈썹을 들썩였다.

그냥 갑자기 주영준 선생의 말이 생각나서였다.

'그런 예언이 있었는데요.'

곱씹어 볼수록 뭔가… 뭔가…….

뜬금없이 예언이란 말이 나온 것도 수상하고, 정말 그 예언대로 이루어진 것도 왠지 수상하다.

신서진은 인상을 찌푸리며 말을 뱉었다.

"그놈, 이상한 거 같아."

"…누구?"

"나."

정확히는 신서진.

뜬금없는 그의 말에 최성훈은 질색하며 되물었다.

"네가 이상한 걸 이제 알았어?"

"…정상이 아닌 것 같아."

"그것도 이제 알았냐고."

"알아봐야겠어."

"뭐?"

신서진은 갑자기 자리에서 벌떡 일어났다.

최성훈은 두 눈을 동그랗게 뜬 채 신서진을 불렀다.

"야, 너 어디 가! 신서진! 야, 연습하다 말고!"

"쟤, 어디 가냐?"

금방 돌아오겠다는 말만 남기고 휑, 벌써 문을 닫고 나가 버렸다.

뒤늦게 확인한 차형원은 두 눈을 끔뻑이며 최성훈에게 물었다.

"뭐야, 급한 일 생겼대?"

최성훈은 차형원의 물음에 머리를 긁적였다.

딱히 급한 일은 아닌 것 같았고.

신서진의 말을 요약해 보자면 스스로가 이상한 놈인지 확인해 보러 간 거니까…….

이렇게 정리할 수 있을 것 같았다.

"지 자아를 찾아 떠난 것 같아요."

응, 그렇구나…….

"뭐?"

＊　　　　　＊　　　　　＊

생각해 보니 신서진의 집을 가 본 적이 없었다.

집이 있었을 거라고만 생각했지…….

서울에서의 첫날 밤은 새우깡 상자를 뒤집어쓴 노숙이었다.

'개고생이었는데.'

그때는 남들도 다 새우깡 상자에서 자는 줄 알았다.

집도 없이 무자비하게 서울에 내던져진 관계로, 기숙사를 얻기 전까지는 그렇게 살 수밖에 없었다.

벌써 꽤 지난 일이 되었다.

신서진은 그날 이후 거의 처음으로 미켈에게 연락을 취했다.

녀석은 기다렸다는 듯이 제 전화를 받았다.

─근데 아마 지금은 다른 사람이 살지 않을까요? 월세를 안 냈잖아요. 아, 월세의 개념을 모르시겠군요. 인간들은 남의 집에 살 때 돈을 내고 들어가 살아야 한답니다.

미켈의 이어진 설명에 따르면, 꽤 오랜 기간 동안 돈을 내지 못했으니 진작에 쫓겨나 다른 사람이 살고 있을 거라 했다.

─근데 요즘은 잘 지내세요? 너튜브에 올라온 영상을 보았는데, 풋풋해 보이시는 것이 아주 보기 좋…….

"주소 보내 줘."

─네?

"고맙다."

뚝.

신서진은 딱 필요한 말만 듣고는 미켈과의 통화를 끊었다.

시간도 부족한데 한번 시작되면 끝이 없는 녀석의 전화에 일일이 응대해 줄 수는 없었다. 어찌 되었건, 신서진이 원래 살던 집 주소를 받아내는 데에 성공했다.

여기인가.

신서진은 녹색 대문의 낡은 집을 바라보며 중얼거렸다.

안쪽에서 인기척이 느껴지는데.

똑똑.

잠시 고민하던 신서진은 문을 두드렸다.

진작에 다른 사람이 살고 있을 거라는 미켈의 예상.

문이 열리고 나온 것은 나이가 지긋한 파마 머리의 아주머니였다.

사는 사람이 바뀌었나.

역시 허탕을 쳤다고 생각하며 고개를 숙이려던 순간, 아주머니가 흥분한 목소리로 그를 불러 세웠다.

"아니, 이게 얼마 만이야! 서진이 아니니?"

"……!"

거의 버선발로 뛰쳐나오다시피 한 아주머니.

신서진은 놀란 눈으로 그녀를 돌아보았다.

"아우, 그새 더 듬직해졌다. 때깔도 좋아졌고. 그동안 어디서 지냈어?"

반가움의 표현인 듯한데, 그녀를 처음 보는 신서진으로선 다소 부담스러웠다. 어찌 되었건, 과거의 신서진을 아는 사람이다.

신서진은 조심스럽게 그녀에게 물었다.

"여기… 제 집 맞죠?"

"응?"

아, 주인은 이 아주머니겠구나.

미켈에게서 주워 들은 월세 지식을 뒤늦게 떠올린 신서진은 황급히 손사래를 쳤다.

"아, 아닙니다."

정작 아주머니는 질문을 쏟아내는 데에 여념이 없었다.

"보고 싶었잖아. 왜 월세는 꼬박꼬박 내면서 집은 안 왔어? 학교 그만뒀댔나? 이사 갔었니?"

그럴 리가 없는데.

"월세를… 냈다고요? 제가요?"

아버지가 월세를 매달 입금하지 않았냐며 능청스레 이어 가는 아주머니의 말.

혈혈단신의 몸.

고아인 신서진의 월세를 대신 내 줬을 사람이 있었을 리 만무했다.

'아버지가 없을 텐데.'

신서진은 고개를 갸웃거리며 아주머니를 따라 집 안으로 들어갔다.

더운지 땀을 뻘뻘 흘리던 아주머니는 옷소매로 땀을 닦으며 물었다.

"오랜만에 방 좀 둘러볼래?"

마침 그럴 생각이었다.

*   *   *

아주머니의 말대로, 짐은 하나도 빼지 않았다.

신서진이 이곳에서 살던 흔적이 그대로 남아 있는 집 안.

'어떻게 된 거지?'

신서진은 미심쩍은 얼굴로 그 안에 들어섰다.

꽤 오랜 시간 동안 집을 비웠기에, 이제는 온기마저 느껴지지 않는 집구석. 신서진은 천천히 집 안을 눈으로 훑었다.

크게 이상할 것은 없는 곳이다.

평범한 고등학생의 집 같달까.

책상 위는 어질러져 있고, 좁은 원룸 바닥에는 책가방이 굴러다닌다.

그래도 나름 예고 학생이긴 했는지 집 안 곳곳에 악기들도 보였다.

신서진은 침대 위에 놓인 기타를 손으로 쥐었다.

"기타도 쳤었나?"

기타 치다 울었다는 괴담은 들었는데.

아니나 다를까.

"줄이 끊어져 있군……."

기타를 어떻게 친 거야?

다른 악기들을 확인해 보니 다 어딘가 박살이 나 있는 것이, 악기의 파괴자였다는 소문은 사실이었던 모양이었다.

"내 평판이 박살 난 것은 다 이 녀석 때문이군."

쯧. 억울하다니까.

신서진은 혀를 가볍게 차고선 시선을 돌렸다.

반짝이는 무언가가 신서진의 관심을 끌었다.

신서진은 옷장 벽에 붙어 있는 배지를 손으로 떼었다.

"이게 뭐지?"

태양 문양이 새겨진 배지다. 상당히 정교한 데다가 금으로 만들어진 배지면 가격이 상당할 텐데…….

"돈도 없는 녀석이 이런 걸 모아 두고 있었군."

여기까지는 신서진도 별로 대수롭게 생각하지 않았다.

그다음으로 시선이 간 것은 책상.

전혀 치우지 않고 나갔었는지 책상 한쪽에 과학 잡지들이 수북이 쌓여 있었다.

입학 당시, 신서진은 실기 성적 외에도 필기 성적 역시 꼴등을 기었던 걸로 기억한다.

"공부랑은 거리가 멀었는데……. 과학은 좋아했나?"

그럴 수도 있지.

신서진은 잡지 중 하나를 집었다.

그와 동시에.

투두둑.

스크랩된 사진들이 잡지 틈에서 쏟아졌다.

"아."

뭐가 이렇게 많아.

신서진은 어질러진 바닥을 내려다보며 한숨을 내쉬었다.

그런데.

자세히 보니 뭔가 조금 이상하다.

과학을 좋아하는 건 알겠고.

잡지 사진이 마음에 들어서 오려 놓은 것도 알겠는데…….

"태양……?"

전부 태양의 사진을 크롭한 것이었다.

뒤늦게 눈치챘는데, 벽에 포스터처럼 붙어 있는 것도 전부 태양 사진들이었다.

"이렇게까지 모아 놨다고?"

이 정도면 천문학과를 가야 하는 게 아닌가 싶을 정도의 광기였다.

순간, 가능성 높은 생각이 신서진의 머릿속을 스쳤다.

설마.

"태양의 신이라……."

이 정도의 집착이라면 자연스레 한 사람이 떠오르는 것이다.

신서진은 피식 웃음을 터뜨렸다.

아, 이래서 남이준이 질색을 했구나.

태양신 아폴론. 그의 어마어마한 추종자였던 것 같은데.

여러모로 신서진은 특이한 인간이었던 모양이다.

물론 본인도 신이지만, 냉정하게 생각해 보면⋯⋯.

"요즘 시대에 신을 믿는 자가 있나?"

신서진은 떨떠름하게 중얼거렸다.

아폴론을 추앙했던 몸이라.

껄끄러울 것은 없는데, 왜인지 찝찝한 기분이다.

신서진이 아폴론의 열렬한 신도였다면 주영준 선생 앞에서 예언 운운했던 것도 말은 된다.

아폴론은 예언의 신이기도 하니까.

"예언을 그렇게 믿었으면서, 제가 단명하는 미래는 보지 못했나 보군."

실제로 신은 인간 하나하나에 그리 감정을 싣지 않는 편이니, 아폴론은 신서진의 존재조차 모를 것이다.

참으로 안타까운 일이다.

신서진은 제 몸의 주인을 애도하며 중얼거렸다.

볼 것은 거의 다 보았다.

이제 슬슬 나가 볼까?

마지막으로 방 안을 천천히 훑어보던 중, 신서진의 시선이 옷장으로 향했다.

끼이익.

오랫동안 닫고 있었던 탓에 열리면서 내는 마찰음. 신서진은 인상을 찌푸리며 그 안을 살폈다. 열어젖힌 옷장 가득 전혀 정돈되지 않은 옷들이 쌓여 있었다.

마찬가지로 볼 것은 없다.

그렇게 생각하며 문을 닫으려던 순간.

"음?"

신서진은 옷장 구석에서 낡은 플루트를 발견했다.

*   *   *

한 시간 후, 이 더운 날씨에 땀 한 번 흘리지 않고 돌아온 신서진.

에어컨 아래에서 바람을 쐬고 있었던 최성훈은 손을 흔들며 반겼다.

"어어, 시간 안에 왔네? 이쪽은 이상진 쌤!"

그리고는 인사드리라며 고개를 돌린다.

샤프한 인상에 머리부터 발끝까지 신경을 많이 쓴 듯 차려입은 남자.

왼손에 찬 손목시계가 반짝였다. SW 엔터의 전문 보컬트레이너 이상진이었다.

"어, 네가 신서진이구나?"

"네, 안녕하세요."

오늘은 에이틴을 처음으로 지도하는 날이었다.

오전에는 B유닛 안무 연습, 오후에는 에이틴 보컬&댄스 트레이닝. 시간을 나노 단위로 나눠 쓰는 스케줄이었지만 나름 잘 버텨 내는 중이다.

최성훈은 유민하에게 웃으며 아까의 상황을 설명했다.

"유민하, 그거 알아? 얘 아까 연습하다가 뛰쳐나갔다?"

"연습하다가? 뭐, 급한 일 있었어?"

"그건 나도 궁금한데……."

어차피 신서진 몫의 연습은 끝났으니 상관없지만 갑자기 사라져서 놀랐다. 최성훈은 신서진의 어깨를 툭툭 치며 물었다.

"야, 아까 어디 갔었냐?"

최성훈의 물음에 신서진은 담담하게 답했다.

"집."

"네가 집이 있어……?"

"……?"

이게 무슨 인성 터진 발언이람.

옆에서 가만히 대화를 듣고 있던 이다영이 기겁하며 몸을 일으켰다.

유민하 역시 경멸의 눈초리로 최성훈을 돌아보았다.

최성훈은 당황한 낯빛으로 일어섰다.

"아, 아니. 그게 아니라!"

하필이면 첫인상이 길바닥에서 노숙하던 장면이라서 그렇다고.

신서진의 가정환경과 조합하면 오해의 소지가 다분한 발언이었다.

최성훈은 손사래를 치며 제 발언을 수습했다.

"진짜 그런 거 아니라니까?"

"말이 심하네."

거기에 신서진까지 말을 얹으면서 그냥 쓰레기가 되었다.

"잠, 잠깐만!"

하지만, 해명할 시간은 없었다.

"슬슬 다 모였지? 신서진부터 들어갈까?"

"네, 갈게요."

"……."

그 타이밍에 이상진 트레이너가 신서진을 끌고 녹음 부스로 들어가 버렸기 때문이었다.

딸깍.

보컬실의 문이 닫히자마자.

"최성훈 인성 봐."

최성훈은 시무룩한 얼굴로 벽에 머리를 박았다.

*　　　　　*　　　　　*

물론 신서진은 방금 전의 상황에 전혀 개의치 않았으나, 최성훈 혼자 땅굴을 파고 있는 사이.

녹음 부스 안으로 들어온 신서진은 이상진 트레이너와 일대일 대면 수업을 시작했다.

이상진 트레이너가 신서진을 첫 번째 순서로 지목한 이유는 그를 한번 직접 만나 보고 싶었기 때문이었다.

뭐, 대단한 이유가 있었던 것은 아니고 들려오는 소문 때문이었다.

"얘기는 많이 들었다."

"제가 그렇게 유명한가요?"

"응?"

"어딜 가든 저를 아는 듯싶어서요."

신서진에 관한 소문.

애가 특이하다.

근데 잘하긴 한다.

"어… 그래……."

이 두 가지를 익히 들어 온 이상진 트레이너는 크게 당황하진 않았다.

대신 헛기침을 하며 대답했을 뿐이었다.

"자존감이 높구나."

"그런 편이죠."

부정하진 않았다. 실제로도 잘났다는 말을 덧붙이고 싶었으나, 첫인상이니만큼 자제하기로 했다.

여담은 되었고, 한 명씩 차례로 보려면 시간이 빠듯했다.

이상진 트레이너는 가사지를 찾으며 신서진에게 물었다.

"아, 너네 무슨 곡이지?"

"Blue sky입니다."

이번 데뷔 평가에서 B유닛과 G유닛 모두 본인들의 컨셉에 대조되는 실험적인 곡을 받게 되었다. 그런 상황에서 에이틴에게 지정된 곡은 〈Blue sky〉. 앞선 곡들과 달리 실험적인 스타일의 노래는 아니었다.

다만⋯⋯.

"보컬 비중이 많이 높지?"

이상진 트레이너는 아랫입술을 잘근거리며 말을 이었다.

"사실 이걸 데뷔 평가로 보기에 좀 까다로울 수 있거든?"

평가라는 게 귀가 즐거운 것도 중요하지만, 눈이 즐거워야 높은 점수가 나오는 법이다. 퍼포먼스가 약한 노래다 보니 보컬에 사활을 걸 필요성이 있었다.

"내가 너네 유닛 구성을 쭈욱 훑어봤어. 영상도 몇 개 봤었으니까."

"넵."

"에이틴 중에서 보컬에 강점이 있는 멤버를 꼽는다면 유민하."

이것은 그 누구도 반박할 수 없는 사실이다.

그러나.

"그리고 너라고 생각하거든?"

남자 보컬에서는 신서진이 중심을 잡아 줘야 할 필요가 있었다.

"기본적으로 목소리가 타고나서 듣기가 좋아. 다영이랑 듀엣곡 했었지?"

"네, 영상도 올렸었죠."

"거기서도 보컬 합이 괜찮더라고? 그러니까, 이 곡에선 네가 꽤 중요한 역할이거든. 한번 제대로 해 보자. 자, 첫 줄부터!"

곡은 어느 정도 숙지를 해 왔으니 바로 신서진의 실력을 테스트해 보겠다는 소리.

조금의 망설임도 없이 매끄러운 소리가 흘러나왔다.

느낌이 좋아
부서지는 햇살 속에
나는 지금 달리고 있어

오?
이상진 트레이너는 놀란 눈을 끔뻑였다.
사실 신서진 소문의 출처는 안다운이었다.
안다운이 눈독을 들였다길래 유심히 보고 있었는데…….
잘한다.

닿지 못할 sky
Blue blue sky

깔끔하게 울려 퍼지는 발성. 신서진은 힘을 들이지 않고 바로
고음을 찍었다. 보컬 수업 직전에는 으레 목부터 풀고 시작하게
마련이지만, 일부러 노래를 바로 시켜 보았다.
하지만 이 정도의 고음을 바로 소화해 낼 줄은 몰랐다.
'진짜 깔끔한데?'
맑고 부드럽다.
영상으로 들었을 때와는 차원이 다르네.
신서진과 유민하가 〈Blue sky〉의 중심을 잡아야 한다는 생각
은 변하지 않았다.

바람의 조각이 되어
흩날려 왔어

"아주 좋아. 계속해 봐."
진작에 stop을 외치며 몇 가지 포인트를 짚어 줬어야 했지만,
지금 이대로도 생각보다 좋아서 멈추고 싶지 않았다.
곧이어 이어지는 랩 파트.
별 기대 없이 들었는데…….
좋다.
신서진은 숨을 크게 내쉬고선 다시 고음을 찍었다.

닿지 못할 *sky*
Blue blue sky

올드한 색이 묻어 있었던 이전의 보컬색도 많이 사라진 덕분
에, 듣기에 거슬린 부분이 전혀 없었다. 그냥 흠잡을 데가 없었
다.
호흡과 감정을 쓰는 것이 특출나진 않지만, 우선 가장 칭찬하
고 싶은 점은 쓸데없는 습관이 들지 않았다는 점이었다.
명색이 예고 학생이고, 여기까지 왔으면 보컬을 안 배운 것도
아닐 텐데.
신서진은 여전히 순백의 도화지 같은 상태를 유지하고 있었
다.

솔직히 기대하지 않았는데 서울예고에서 제대로 배운 것 같다.

"거기까지. 훌륭했어."

"…끝인가요?"

단체로 합을 맞출 때만 살짝 보면 될 것 같은데?

초스피드로 끝난 수업에 당황한 신서진이 눈을 굴리고 있는 사이, 이상진 트레이너는 녹음 부스 밖으로 얼굴을 빼꼼히 내밀었다.

"다음 사람? 서하린 들어올래?"

"저 진짜 나가요?"

무슨 수업이 노래 한 번 부르고 끝나냐.

이거 맞아?

신서진이 제자리에 서서 쭈뼛거리고 있자, 이상진은 다시 한번 말했다.

"응, 너 나가도 된다니까?"

"가르칠 것이 없는 수준인가요……?"

칭찬해 주면 한술 더 뜨는 성격이라는 걸 자꾸 잊는다.

이상진 트레이너는 헛기침을 하며 미간을 찌푸렸다.

"그 정도는 아니야. 겸손하도록."

"네."

"한번 단체로 볼 거니까, 밖에서 대기하고 있어."

"알겠어요."

고개를 갸웃거리면서도 일단 녹음 부스를 빠져나오는 신서진이었다.

개별 수업이 끝난 후 다시 모인 시간.

이상진 트레이너는 한 명씩 목소리를 들은 것만으로 파트 분배를 시작했다. 누구에게 어떤 파트를 맡겨야 할지 대강 머릿속에서 그려졌다.

"블루블루스카이 하는 부분 민하가 하고……. 신서진?"

"네."

"네가 여기서 같이 화음 깔고 들어가자. 지금 한번 해 볼까?"

신서진과 유민하는 고개를 끄덕이고선 시키는 대로 입을 떼었다.

닿지 못할 sky
Blue blue sky
바람의 조각이 되어
흩날려 왔어

깔리는 MR도 없이 무보정의 쌩 보컬이었지만, 두 사람의 화음이 어우러져 전혀 비어 보이지 않았다.

"좋다."

이상진 트레이너는 만족한 얼굴로 엄지손가락을 치켜세웠다.

이 파트는 이 둘 맡겨도 되겠네.

그다음은 랩.

그러고는 제 차례를 기다리고 있는 최성훈을 돌아보았다.

"성훈아, 랩 가능하지?"

"넵!"

"그래, 목소리 어울린다."

최성훈은 이유승과 나란히 랩 파트로 배정되었다.

"그리고 다영이는 2절 앞부분……. 하린이 이 파트, 조금 높나? 가능해?"

"괜찮을 것 같아요……!"

이상진 트레이너의 지도 아래 파트 분배는 일사천리로 진행되었다.

그렇게 마침내 파트 배정이 모두 끝이 난 뒤, 이상진은 가사지를 들고선 말했다.

"자, 한번 해 보자."

처음으로 합을 맞춰 보는 시간.

이 과정에서 생각했던 그림이 나오지 않아 파트를 재조정하게 되는 경우도 충분히 나올 수 있었다.

유민하는 고개를 가볍게 까닥이고선 MR에 맞춰 입을 떼었다.

느낌이 좋아
부서지는 햇살 속에
나는 지금 달리고 있어

도입부에 어울리는 목소리다.

지나치게 감정 호소가 짙지도 않고, 편안하게 부르는 터라 기분 좋게 즐길 수 있는 음색. 유민하의 완벽한 도입부 다음으로 이유승의 랩이 이어졌다.

여기가 중요하다.

이상진 트레이너는 노래를 잠시 멈추고선 두 사람에게 당부했다.

이유승과 최성훈이 서로 주고받으며 랩을 뱉어야 하는 파트.

"크로스로 건네고 받으면서 랩을 하는 거야. 해 본 적 없지?"

"네엡!"

"어렵진 않아."

빠르게 치고 들어가는 파트라 한 사람이 하기에도 버거울 수 있는데, 여기에 이다영이 변주를 넣었다.

"Blue blue sky 손을 뻗어 touch the air."

"고도를 높여 그 도에 올라."

"I think."

"I."

"Feeling high!"

와, 어렵다.

최성훈은 혀를 내두르며 이상진 트레이너를 돌아보았다.

그는 흐뭇한 미소를 지으며 턱을 쓸어내렸다.

아무래도 두 사람이 하는 랩 파트라 중간중간 뚝뚝 끊어지는 느낌이 없잖아 있었지만……

"첫 시도치곤 나쁘지 않아."

두 번째 도전은 이상진 트레이너의 말대로 훨씬 더 수월했다.

Blue blue sky 손을 뻗어 touch the air
고도를 높여 그 도에 올라

"I think."

"I."

"Feeling high."

이번에는 이상진도 고개를 끄덕였다.

"오케이."

그렇게 주의해야 할 포인트를 짚어 가면서 첫 번째 완곡.

한 명씩 제 파트를 빙 돌고 나자, 이상진은 짝 손뼉을 쳤다.

벌써 네 시간이 지나 있었다.

"다들 수고했고, 첫날부터 아주 좋았어."

차례로 들어 봤는데 특별히 보컬이 뒤처지는 사람은 없었다.

구멍도 없는 데다 애초에 오래 함께해서인지 걱정했던 것과 달리 보컬의 합도 잘 맞았다.

"파트는 이대로 고정하면 될 것 같다. 혹시 불만 있는 사람?"

"없어요."

"내 파트 마음에 안 드는데 쟤 파트 뺏어 오고 싶다, 없어? 편하게 말해, 무조건 기회는 한 번 준다."

"그것도 없어요!"

이런 건 욕심 좀 내도 되는데.

이상진 트레이너는 웃으며 말을 얹었다.

"그러면 마지막으로 질문 있는 사람?"

여기서는 최성훈이 두 눈을 반짝이며 손을 들었다.

"데뷔 쇼케이스 때 누구누구 오는지 아세요?"

한성묵 팀장한테 간략하게 전달받긴 했지만 여전히 궁금한 게 많다.

심지어 그 인간은 무서워서 이것저것 못 물어보겠어.

데뷔 평가 경험이 몇 번 있는 이상진 트레이너는 흔쾌히 최성훈의 질문에 답해 주었다.

데뷔 쇼케이스급 스케일로 하는 데뷔 평가라면…….

"별 사람들 다 오지. 나도 가고, 대표님도 가시고, 매니지먼트, 신인 개발 팀……."

경영 지원 팀 쪽도 올 것이고, 그 밖의 연예계 관계자들도 자리할 수 있다. 사실상 SW 엔터의 전 직원이 참석할 수 있는 행사다.

"말도 안 돼."

어마어마한 데뷔 평가의 무게에 최성훈의 안색이 이내 창백해졌다.

웬만한 사람들이 다 올 거라 추측은 했었지만, 이렇게 직접적으로 들으니까 느낌이 조금 달랐다.

"쌤, 그 얘기 들으니까 너무 무서운데요."

"저도요……."

이다영도 움찔거리며 최성훈의 말에 동조했다.

다른 사람 다 제쳐 놓고서도 '대표님' 한 명으로 이미 위압

감 조성은 끝났다.

"도망갈까?"

"야……. 그러면 데뷔를 못 하잖아……."

"데뷔 무대보다 더 떨릴 것 같은데. 대표님 앞 데뷔 무대면……."

애들이 단체로 후들거리며 떨어 대자, 이상진 트레이너는 그럴 필요 없다며 고개를 저었다.

이게 무슨 오디션장도 아니고.

다들 호의적인 분위기일 것이라며 말이다.

"거기 다 너네 데뷔시켜야 할 인간들이야."

평가하는 자리긴 하지만, 열심히 잘하고 있는 애들 까려고 앉힌 자리는 아니다. 필요 없는 지적은 하지 않을 것이다.

그럼에도 불구하고 그 평가 기준은 기존의 평가들과는 비교도 되지 않을 정도로 높겠지만. 이런 기운 빠질 이야기는 속으로 삼켰다.

지금 시점에는 무작정 응원해 주는 것이 더 효과 있을 것이다.

이상진은 팔짱을 낀 채 말을 툭 던졌다.

"걱정할 것 없어. 지금처럼만 하고 오면 문제 될 건 없을 거라 본다."

고작 네 시간.

첫 수업을 가르쳤을 뿐이지만, 에이틴의 실력에 대한 어느 정도 확신이 생겼다.

빈말이 아니라 잘할 것이다.

잘해야만 하고.

"아, 맞다."

이상진 트레이너는 그렇게 애들을 진정시키면서 한 가지 당부를 더했다. 수업 태도도 워낙 좋았던 애들이라 크게 걱정은 되지 않지만, 알아 둬서 나쁠 것은 없는 조언이었다.

"알아서 잘들 할 거라 믿는데, 늦지만 마라."

사실 모든 평가에서 가장 중요한 건 일단 무대에 서는 것이다.

SW 엔터의 모든 관계자들이 참석하는 행사인 만큼, 데뷔 쇼케이스 행사는 그런 면에서 상당히 보수적이었다.

기본을 지키지 않으면 시험을 볼 기회도 주지 않는다는 것이 대표의 원칙. 원래부터 원리 원칙주의자인 양반으로 소문이 났다.

그걸 잘 알고 있는 이상진은 두어 번 강조했다.

"정신머리 없으면 데뷔 평가든 뭐든 얄짤없는 거야. 알지?"

"물론이죠."

참고로 이사님이 늦은 애들은 바로 퇴출시켜 버린다고 아예 당부를 했더라는 얘기도 빼놓지 않았다.

실제로 몇 년 전에 밥 먹듯이 수업을 늦다가 잘린 녀석의 비화도 있었다.

SW 엔터가 그런 거에는 상당히 까다롭다니깐.

이상진 트레이너는 중얼거리며 몸을 일으켰다.

혹시나 해서 말했을 뿐이지 잔소리는 그다지 좋아하지 않는 타입이다.

여기서 마무리해야겠다.

이상진 트레이너는 웃으며 말을 정리했다.

"오늘 하는 거 보니까 별로 걱정은 되지 않아. 열심히 해 봅시다."

"넵!"

"데뷔 평가 파이팅!"

"파이팅!'

연습실 내로 파이팅 넘치는 구호가 울려 퍼졌다.

＊　　　　＊　　　　＊

수업이 끝나고, 텅 빈 보컬실을 가장 마지막까지 정리하고 나온 이상진 트레이너는 드르륵 문을 열었다.

그런데.

"……!"

깜짝이야.

문앞에서 두 사람이 서 있길래 당황했다.

이상진은 익숙한 얼굴들에 잠시 멈칫했다.

"아, 안녕하세요."

극과 극의 성격이면서 희한하게도 매번 붙어 다니는 두 사람.

매니지먼트 배우 팀의 김재원과 가수 팀의 우상윤이었다.

"오랜만이네요. 그간 잘 지내셨어요?"

"그러게요."

늘상 웃는 상인 우상윤은 이상진을 보자마자 반갑게 알은체를 해 왔고, 김재원은 그 옆에서 **뻣뻣하게** 굳어 있었다.

저래 보여도 이미 눈으로는 인사를 마친 상태라고 볼 수 있겠다.

이상진 트레이너는 열쇠 키를 빼면서 물었다.

"여기는 어쩐 일로 오셨어요?"

"아, 배우 연습생들 잘하고 있나 감시하러 왔다가 갑자기 데뷔 평가 생각이 나서요."

"말씀하고 오시지. 언제 끝날 줄 알고."

"아, 아닙니다. 안 계시면 그냥 가려고 했죠."

같은 회사라 안면은 있었지만 친한 사이는 아니다.

자신에게 직접 찾아온 것을 보아하니 새로 데뷔할 애들이 어지간히도 궁금했던 모양이었다.

특히 가수 팀을 담당하고 있는 우상윤은 이래저래 관심이 많아 보였다.

"제가 데뷔 쇼케이스 날짜만 기다리고 있거든요. 애들은 잘하답니까?"

"네, 잘하던데요."

이상진 트레이너는 반사적으로 대답했다.

그의 말에 우상윤의 표정이 밝아졌다.

"아, 그래요?"

그러고선 애들은 착하냐는등, 성격은 어떠냐는 둥.

쉴 새 없이 질문을 쏟아 내기 시작했다.

고작 네 시간 본 게 전부인 자신에게 궁금한 것도 참 많다.

이상진 트레이너는 어색하게 웃으며 우상윤의 질문에 건성으로 대답해 주었다.

그랬더니 이제는 물어보지도 않은 얘기를 줄줄이 늘어놓기 시작한다.

"사실 저희 팀이 다음에 맡게 될 것 같아서 관심이 많습니다. 고선재라고, 아시죠?"

"모르는데요."

"아아, 저희 팀 신입! 로드로 들어왔는데 에이틴 임시 매니저 잠깐 맡았었거든요."

"아, 그렇습니까."

"여기 이 친구도 이번에 저희 팀 들어오면서 가수 팀 인원이 조금 늘었어요. 이게 또 복잡한 이해관계가 있는데……."

이래서 별로 대꾸해 주고 싶지 않았던 건데.

이상진 트레이너는 속사포로 쏟아지는 우상윤의 말에 영혼 없이 웃어넘겼다.

'저 둘이 어떻게 붙어 다니는 거지.'

조용히 입을 닫고 있는 김재원이 신기해 보일 지경이었다.

별말 없이 딱딱히 굳은 채 우상윤과 이상진이 주고받는 대화를 듣고만 있었던 김재원. 그가 조심스럽게 입을 뗐다.

"팀장님이 특별히 관심 있는 연습생이 있다고 들었습니다."

"신서진? 그 친구 말하는 건가?"

"네, 맞습니다."

"그렇지. 제가 그 녀석한테 관심이 아주 많긴 합니다."

우상윤은 생글거리며 말을 덧붙였다.

"안다운의 픽, 너튜브 영상 또라이. 한성묵 팀장님이랑 한판

한 게 그 친구 아니에요?"

이 바닥이 좁아서인지 며칠 새에 소문이 쫙 났다.

우상윤은 흥분한 목소리로 말을 이었다.

"그 친구야말로 성격은 어때요? 막 이상한 애는 아니죠?"

"아, 네네."

"수업 때 대들진 않아요?"

"…아, 예."

"조금 사차원이던가요?"

당신이 더 이상한 사람이야!

이쯤 되니 슬슬 성가시다.

이상진 트레이너는 조금씩 발걸음을 재촉하기 시작했다.

"아, 제가 일이 좀 있어서……."

하도 오랜만에 만나서 저 인간의 성격을 잊고 있었다.

다시는 질문 안 받아 줘야지.

"저기요, 저기요!"

이상진 트레이너는 두 사람을 제치고 빠른 속도로 달아나 버렸다.

"저 물어볼 거 더 있었는데……!"

저 인간은 매니저가 아니라 기자를 했어야 했다고 생각하면서 말이다.

＊　　　＊　　　＊

같은 시각, 보컬 수업을 마친 에이틴은 곧바로 안무 짜기에 들어갔다.

이유승과 신서진이 주가 되어 전체적인 골격을 잡는 중이다.

〈Blue sky〉의 원곡은 그냥 드라마 OST라서 따로 안무가 있
지는 않았다. 그래서 안무 창작에 상당히 오랜 시간이 걸릴 줄
알았건만······.

워낙 보컬 위주의 곡으로 안무가 따로 들어갈 만한 파트도 많
지 않았다랄까. 비교적 안무가 간단한 관계로 금방 끝이 났다.

이유승은 찌뿌둥한 몸을 풀면서 신서진에게 말했다.

"퐁당 때보다 훨씬 편하네."

"어. 금방 외울 것 같은데."

이래로라면 시간이 빠듯하긴 해도 다 준비할 수 있을 것 같았
다.

B유닛으로 함께 〈퐁당〉을 준비하게 된 두 사람이라, 자연히
〈퐁당〉의 진행 상황과 비교하게 된다.

일단 곡의 특성 자체가 달라도 너무 달랐다.

턱을 쓸어내리던 신서진이 의견을 내었다.

"다 좋은데 곡이 조금 심심해."

노래만 들으면 드라마의 장면이 딱 떠오르면서 감성에 젖을
수가 있는데, 무대는 노래만 듣는 것이 아니니까.

평가의 관점으로 놓고 봤을 땐 아쉬운 면들이 더 잘 보일 수
도 있었다.

퍼포먼스 위주인 〈퐁당〉과 다르게, 보컬 중심의 〈Blue sky〉는
무대에 조금 더 신경을 써야 느낌이 잘 살 것 같았다.

그런고로 연습을 잠시 멈추고 회의에 들어갔다.

"얘들아, 모여 볼래?"

〈Blue sky〉를 다른 곡들에 비해 상대적으로 늦게 시작하는 데다가, 뒷전이 되었다 보니 준비해야 할 것들이 아직 남아 있었다.

다행히 안무는 해결.

"안무는 외우고 맞춰 보기만 하면 될 것 같아. 신서진이랑 내가 확인해 봤는데 어렵진 않아."

그다음은 편곡.

이다영이 끝내 놓았다.

"원곡보다 좋더라. 역시 다영이야."

"…고마워."

푹.

이다영은 부끄러운지 고개를 숙여 버렸다.

어찌 되었건 편곡도 해결.

그러면 지금 가장 시급한 것은…….

"의상이네."

서하린이 책상을 치면서 말했다. 서하린의 말에 고개를 끄덕인 유민하가 애들에게 물었다.

"다들 의상은 생각해 봤어?"

"아직. 그럴 시간이 없었지."

"B유닛은 의상 끝냈어?"

"응."

〈퐁당〉은 교복과 정장을 구해 오는 것만으로 의상 준비가 끝났지만, 비슷한 컨셉으로 두 곡 다 준비할 수는 없으니 〈Blue sky)의 의상은 따로 준비해야 했다.

"우리도 유닛곡은 의상 준비 끝냈는데. 우리가 했던 곳에 맡겨 보는 게 좋을까?"

"근데 그쪽은 시간 좀 잡아야 하던데. 오래 걸리더라고."

"아."

퍼포먼스가 약한 대신 무대에 신경을 쓰겠다는 것이 기존의 계획이었다. 그러기 위해서는 의상 문제도 허투루 넘길 수 없었다.

유민하는 신서진에게 넌지시 물었다.

"신서진, 의상 구해 올 수 있을 것 같아?"

"이번엔 힘들겠던데."

"하기야 디오니 벨튼이 동네 옷장수도 아니고······."

최성훈의 솔직한 말에 유민하는 웃음을 참지 못했다.

시간이 여유롭지 않은 터라 아는 사람한테 의상을 직접 구하는 쪽이 속 편하긴 한데, 이번에는 유감이었다.

하필이면 녀석이 해외로 뜬 터라 당분간 한국에 없을 예정이다.

다행히도 이 문제는 서하린이 돌파구를 찾아 주었다.

"내가 잘 아는 곳 있어!"

"진짜?"

"엄청난 명품 브랜드거든? 아마 들으면 다 알걸?"

명품 브랜드?

유민하가 떨떠름한 얼굴로 물었다.

"우리가 가격이 충당이 돼?"

"당연하지!"

호언장담하며 말하던 서하린은 배시시 웃으며 작게 속삭였다.

"DDP라고……."

동대문이었냐.

유민하는 어이가 없다는 듯 웃었지만, 그쪽에 아는 사람이 있단다.

서하린은 뾰루퉁한 얼굴로 덧붙였다.

"야, 동대문 무시하냐?"

"그럴 리가."

"어쨌든 거기 아주머니가 잘해 주실 거야. 내 이름 대고 갔다 오면 기억하실걸? 전 기획사에서 월말 평가 할 때마다 거기 갔었거든."

연습생 때 패션 감각을 알아 보겠다고 의상을 직접 구해 오라 한 통에, 하도 의상을 찾다 보니 아예 단골 가게가 생겼단다.

퀄리티가 엄청 좋진 않아도 무대 의상으로 쓰기엔 나쁘지 않다고 했다.

"급한 대로 나쁘지 않은데."

지금 뭘 따지고 그럴 때가 아니긴 하지.

유민하는 고개를 끄덕이며 에이틴 멤버들을 천천히 둘러보았다.

"그러면 내일 바로 가 보자."

"알았어. 한두 사람만 가서 미리 보고 와도 충분하겠다."

"응, 그러려고."

근데, 누구랑 가지?

서하린은 보컬 연습 하느라 바쁠 테고, 어차피 여자 옷이면 자신이 봐도 충분했다.

한 명 더 데려간다면 원래 최성훈을 데려가려 했는데…….

아직 안무 숙지가 안 된 상태라 이유승에게 일대일로 배울 예정이었다.

그러면 남자가 한 명밖에 안 남는다.

"신서진?"

"응?"

유민하는 침을 삼키며 안 하느니 못한 질문을 했다.

"너 옷 좀 볼 줄 알아?"

"패션 센스는 어디 가서 안 뒤지는 편인데."

아, 되게 못 미더운데.

가끔 옷 입고 다니는 걸 보면 그래도 아예 처참한 수준은 아닌 것 같기도 하고…….

일단 믿어 보기로 했다.

유민하를 신서진을 바라보며 싱긋 웃었다.

"그러면 너는 나랑 내일 DDP 구경하러 가자."

*　　　　*　　　　*

천천히 갈 것 같았던 시간은 속절없이 흘렀고…….

데뷔 평가까지 겨우 이틀이 남았다.

그사이 골머리를 썩혔던 의상을 확정 지었고, 무대 구성도 끝냈으며 매일 있는 수업도 빼놓지 않았다.

이제 남은 것은 각 팀의 연습뿐.

새벽 4시.

〈퐁당〉은 마지막 점검 외에 연습을 마쳤고, 다시 모인 에이틴은 〈Blue sky〉 연습에 한창이었다. 이상진 트레이너 역시 졸린 눈을 비비며 이 시간까지 남아 있었다.

웬만하면 새벽까지 남아 있고 싶지 않았는데, 애들의 미래가 걸린 일이라 이 시기는 어쩔 수 없다.

"힘들어?"

"네에에……."

"나도 가고 싶다, 얘들아."

이상진 트레이너는 다 죽어 가는 애들을 일으켜 세우며 위로 아닌 위로를 건넸다.

"그래도 너네는 한숨 자면 괜찮아지잖냐. 나는 이거 끝나면 한 며칠은 앓아누워야 해. 젊은 게 좋은 거다, 얘들아."

"……."

"저도… 가… 가서 밤……."

연습실 구석에 처박힌 최성훈은 알 수 없는 말을 중얼거리고 있었다.

이상진 트레이너는 인상을 찌푸리며 물었다.

"쟤는 뭐라는 거야?"

"집 가서 밥 먹고 싶대요!"

"졸려……."

정신 나갈 것 같다.

어제는 연습하느라 새벽 6시에 잤는데, 돌아가는 상황을 보아하니 오늘도 크게 다르지 않을 듯했다.

보컬 수업에 댄스 수업. 남은 시간은 개인 연습.

그 세 가지의 무한 굴레에 갇혀서 지금 연습만 12시간째라니까?

"두 번은 안 한다……."

이유승 역시 퀭한 눈으로 중얼거렸다.

이 짓거리를 두 번 했다가는 그대로 쓰러져서 황천길을 건널지도 모르는 일이었다.

데뷔 평가에 재평가가 뜬다는 가정은 이미 머릿속에서 지워 버렸다.

때문에 이를 악물고서 버티는 중이다.

이상진 트레이너가 쭈욱 지켜보니, 저마다 버티는 방법도 제각각이다.

최성훈은 저렇게 널브러져 알 수 없는 말을 중얼거리는 편이고.

이유승은 왠지 건드리면 한 대 칠 것처럼 주먹을 꼭 쥐고 있고.

유민하는 마른세수를 하며 악으로 버틴다.

이다영이야 늘 그렇듯 조용하다.

그리고, 신서진과 서하린은…….

"오."

"대박."

"야, 맞는 거 같지 않냐?"

의외로 쌩쌩해 보였다.

서하린은 갑자기 자리에서 벌떡 일어나더니 가사지를 들고 달려왔다.

"쌤, 이거 보세요!"

뭘 하고 있나 했더니 그새 너덜너덜해진 가사지에는 형광펜으로 여기저기 밑줄이 처져 있다.

쉬는 시간에도 가사를 분석하고 있는 열정이라······.

이 팀에서 유일하게 정신을 붙들고 있는 애들이라 볼 수 있겠다.

"무슨 일인데?"

이상진 트레이너는 피곤한 얼굴로 웃으며 물었다.

서하린은 침을 삼키며 가사지를 들어 보았다.

"저희가 가사를 분석해 봤는데 충격적인 깨달음을 얻었어요."

"맞습니다."

가사를 보면 밝지만 어딘가 아련한 구석이 있다.

실제 곡 해석에서도 '닿지 못할 sky' 부분이 짝사랑의 아련함을 의미한다는 의견이 많았다.

하지만, 다른 방식으로 접근해 보았다.

"이건… 수능 금지곡인 것 같아요."

"응?"

수능 금지곡이라 하면 떠오르는 무수한 노래들.

멜로디가 중독적이라 수능장에 가서도 흥얼거리게 된다는, 악명 높은 곡들이 몇 곡 있긴 했다.

그런데 〈Blue sky〉는 그런 곡들과는 조금 결이 다르지 않나?

한편, 수능 금지곡이라는 말을 이해하지 못한 신서진은 옆에서 딴소리를 하고 있었다.

아폴론의 '야너인싸'에서 봤던! 바로 그 살벌한 고3들이 친다는 시험.

"수능장에서 노래도 틀어 주는군. 혹시 신청곡도 받아 줘?"

"서진아, 피곤하구나."

이상진 트레이너는 눈썹을 들썩이며 신서진의 어깨를 토닥였다.

멀쩡해 보였던 두 사람 중 한 사람이 갔다.

남은 것은 서하린뿐……

"그래서 왜 수능 금지곡이라고?"

"이 부분 있잖아요. 닿지 못할 sky라고……."

닿지 못할 sky
Blue blue sky

유민하 담당 파트이긴 한데.

크흡.

서하린은 입을 틀어막으며 벽에 머리를 박았다.

"가사가 너무 잔인해요."

나머지 한 사람도 간 것 같다.

"……"

역시 12시간 연속 연습은 무리였나.

이상진 트레이너는 심각한 얼굴로 중얼거렸다.

"애들이 다 살짝 맛탱이가 갔는데?"

"쌤! 이것도 보세요. 이 가사도 너무 슬퍼요."

빗방울이 내려 어두워진
Blue blue sky

서하린은 울먹거리며 가사지를 움켜쥐었다.

"잔인해……. 제가 다 상처 받았어요. 어떡하지, 새벽 감수성인가?"

"하린아, 너는 아무래도 좀 자고 와야겠다."

"네에……."

결국 안 될 것 같은 애들은 빠르게 보내게 됐다.

그사이 바닥과 한 몸이 되어 버린 최성훈도 서하린과 함께 보냈고.

"두 번은 안 한다……."

아까부터 저 자세로 이를 악물고 있는 이유승도 무서워서 보낼 수밖에 없었다.

그렇게 연습실에는 유민하, 이다영, 신서진만 남았다.

이상진 트레이너는 한숨을 내쉬며 애들을 돌아보았다.

"너네도 슬슬 갈래? 더 해야겠다 싶은 애들은 남아 있어도 좋고."

"괜찮아요! 저희 지금 체크해야 할 게 생겨 가지고요."

유민하는 눈을 비비며 신서진과 나란히 앉았다.

사실 보컬 연습은 거의 끝나 가는 터라, 이제 슬슬 들어갈 생각이긴 했는데…….

예상치 못한 변수가 생겼다.

"너, 이거 연락받았어?"

저번에 신서진이랑 DDP에 가서 무대에 필요한 의상을 예약하고 왔다. 원래라면 어제쯤 도착했어야 했는데, 진작에 택배로 왔어야 할 물건이 오지 않았다.

연습하느라 확인을 못 했는데 아주머니한테 직접 연락이 와 있었다.

"사이즈가 없는 게 있었나 봐. 내일모레까지 준비해 준다고 연락 왔어."

신서진은 유민하의 말에 얼굴을 찡그렸다.

"쇼케이스 당일 아니야?"

"맞아. 어쩌다 꼬였는지 모르겠는데 배송까지는 더 오래 걸릴 것 같아서 우리가 직접 픽업해야겠어."

"시간은?"

"오전 일찍이라서 괜찮을 것 같은데……."

아침 일찍부터 오고 가는 게 문제다.

그래도 편의를 봐준답시고 아침 9시에 바로 픽업하게 해 준단다.

"11시에 쇼케이스 시작이거든. 여기서 멀지는 않아. 두 시간이면 여유 있지 않을까?"

신서진은 지도를 확인하며 예상 소요 시간을 체크했다.

버스로 30~40분 정도 되는 거리라…….

"충분할 것 같지?"

"응."

신서진은 고개를 주억거리며 유민하의 말에 답했다.

『예고의 음악 천재』 5권에 계속…